FISCHER
BOOT

Melchior Schedler

# KÖNIG KUPFERKOPF

Kinderroman

Fischer
Taschenbuch
Verlag

Fischer Boot
Lektorat Christel Schütz

Originalausgabe
Fischer Taschenbuch Verlag
September 1980
Umschlaggestaltung: Hansjörg Langenfass, Ismaning
Fischer Taschenbuch Verlag GmbH, Frankfurt am Main

Gesamtherstellung: Clausen & Bosse, Leck
Printed in Germany
580-ISBN 3-596-27502-4

# 1

*»Öööööööjooooooooooooouuuuuuuuuuuuuh!«*
*Das war der Siegesruf der Kwarnas. Er ertönte stets, wenn sie sich eines Opfers bemächtigt hatten.*
*Schaurig hallend drang er aus der Felsspalte. Ihre grünen Leiber bildeten einen schleimigen Klumpen. Ihre Rückenkämme spreizten sich.*
*Aus ihren triefenden Mäulern drang ein dumpfes Knurren, als sie nun Lady Ginevras ohnmächtigen Körper betasteten. Von der Berührung der vielen dutzend Klauen wieder zur Besinnung gebracht, schlug die Lady die Augen auf.*
*Ein Entsetzensschrei entrang sich ihr.*
*Kaum eine Handbreit über ihrem Antlitz starrte sie die Fratze eines Kwarna an. Ein furchtbares Grinsen sickerte über seine Schmuddellippen, als er zu ihr sprach:*
*»Willkommen in unserem Reich, schöne Herrin!«*
*Aufstöhnend wollte sie sich abwenden, aber die schuppigen Klauen der Kwarnas hielten sie unerbittlich umklammert. Schon schickte der häßlichste und triefendste unter ihnen sich an, sein Gebiß in Lady Ginevras weißen Hals zu schlagen, da ließ ein ferner Ton ihn innehalten.*
*Metallisch klang er. Jenem Singen einer Glocke ähnlich, auf die der Klöppel hämmert und die nun ihren vollen Klang zu entfalten beginnt.*

*Näher und näher drang das metallische Singen. Der schuppigen Ungeheuer bemächtigte sich dumpfe Furcht. Sie ließen ab von Lady Ginevra und spähten den felsigen Abhang hinan.*
*Der Schatten eines Reiters glitt über den Ausgang der Schlucht, während das metallische Singen zu einem mächtigen Orgelton erstarkte. Der Anblick, der sich im nächsten Augenblick bot, ließ die Kwarnas in lähmendes Entsetzen fallen:*
*König Kupferkopf preschte aus der Felsschlucht in rasendem Ritt hervor. Das rote Metall seines Gesichtes glänzte im Schein der untergehenden Sonne wie Feuer.*

Bis hierher kommt er mit dem Lesen. Dann kriegt er einen Mordsrempler von hinten. Das Romanheft segelt werweißwohin. Und er, Wacki, auf den Bürgersteig.
»Affenarsch!« schimpft Wacki und pult sich ein paar scharfkantige Schotterkiesel aus den Handballen. »Verdammter Affenarsch von einem Angeber.«
Der Rempler war von Hoss.
Hoss knattert eine Runde um Wacki und grinst sich eins ab. Darüber, wie Wacki sich wieder hochrappelt. Dabei dürfte Hoss eigentlich noch gar nicht loszuckeln auf so einem Feuerfurz. Mit seinen grade eben erst zehneinhalb.
Zumal ihm das Mofa nicht mal gehört. Das gehört seinem Bruder. Wenn der in der Berufsschule ist, leiht Hoss es sich auf chinesisch aus und markiert ein paar Viertelstunden lang damit den Herrn der Prärie.
Wenn ihm dabei noch Wacki unterkommt, jodeln bei Hoss alle Affen. Wacki, die Dickwurst in der 5 e!

Und wenn Wacki ihm gar noch unterkommt, wie er schon wieder mal in einem von seinen KÖNIG-KUPFERKOPF-Schmökern liest, dann jodeln bei Hoss alle Affen in Stereo und mit Verstärker.
Beim Anrempeln hat Hoss den Schmöker erbeutet. Reaktionsschnell wie der Herr der Prärie nun mal ist.
Es hätte auch was andres sein können als grad der KUPFERKOPF-Schmöker. Die Mütze oder ein Kugelschreiber oder ein abgefetzter Knopf. Hauptsache, man reißt was weg. Reißt was auf, reißt durch, und zack.
Hauptsache, der andere ist verdattert. Steht dämlich da und weiß nicht was Sache ist. So behält man den Überblick, ist im Vorteil. Kann den nächsten Zug ganz cool planen.
Hoss bringt seinen edlen Renner am Randstein zum Stehen. Was heißt zum Stehen – er bremst derart ruckizukki, daß ihm seine Klammerbraut wie eine ausgelutschte Gummipuppe gegen das Rückgrat wummert.
Die Klammerbraut ist Bitschi. Neundreiviertel. Nicht daß Hoss mit Bitschi was hätte. Aber zu einem Mofa gehört nun mal eine Klammerbraut für den Gepäckträger. Und Bitschi sitzt gerne bei Hoss auf, wo er doch der Herr der Prärie ist. Und keiner sonst in der 5 e ihr ein Mofa bieten kann.
Wacki gibt es einen Stich, als er Bitschi mit Hoss sieht. Wenn ich doch auch einen Bruder hätte, denkt Wacki, der so 'ne Knattermühle fährt. Ich würde sie schon rumkriegen, daß sie bei mir aufsteigt und nicht bei diesem Affenarsch.
Hoss schlägt den erbeuteten Schmöker irgendwo auf. *»Da streckte König Kupferkopf sein massiges Schwert Dulyla aus und sprach: ›Singe, du mein tapferer Kampf-*

*gefährte! Singe und weise mir den Weg zu dem Ort, an dem Lady Ginevra gefangengehalten wird!‹«*
Nicht bloß, daß Hoss das nur recht und schlecht buchstabiert. Er strengt sich auch an, es nach Strich und Faden zu veräppeln. Damit Bitschi denken soll: So einen Meerschweinchenseich liest also nun unsere Klassen-Dickwurst!
»*Über die Steppe flog der König auf seinem Rosse, und die Krieger, die ihn verfolgten, bekamen den Staub zu trinken, den die kupfernen Hufe des edlen Symopox aufwühlten.*«
»Gib mir mein Heft zurück!« schreit Wacki.
Hoss denkt natürlich nicht daran. Erobert ist erobert.
»Hej hej hej, Dickwurst. Erst sagt man mal bitte.«
Wacki will sich das Heft holen, aber Hoss versteckt es mal mit der einen, mal mit der anderen Hand hinterm Rücken. Wacki muß um Hoss kreiseln, und Bitschi bekommt was zu lachen.
»Schone dich, Fetti! Denk an deinen Kreislauf.« Ein neuer Lach-Erfolg bei Bitschi. »Kümmer dich lieber um dein Baby!«
Das Baby! Wacki hat es ganz vergessen.
Das Baby heißt eigentlich Marita, und Wacki ist sein einziger Bruder. Darum muß er das Baby immer herumkutschieren, wenn er mit den Schularbeiten fertig ist. Bei dem Anrempler vorhin hat er den Kinderwagen losgelassen, und der ist allein davongeschlingert.
Aber wohin? Wacki macht in der Umgebung lucki lucki.
Da unten aus der Hecke ragt die Stange raus mit dem Griff zum Schieben. Mit Vollgas ist der Wagen in die gestutzten Sträucher gefahren. Wacki zerrt ihn aus den

Zweigen heraus. Hoss knattert hinterher, um sich aus der Nähe mit anzusehen, wie Wacki Blätter, Äste und Spinnweben aus dem Bettzeug klaubt.
Aber, daß das Baby nun auch noch plärrt, diesen Gefallen tut es Hoss nicht. Der ist enttäuscht und knalleboingt davon. Immer noch mit Bitschi hinten drauf.
Wacki schluckt ein sauerheißes Heulgefühl runter. Auf dem Weg nach Hause holt er seinen dicken schwarzen Filzer raus und schreibt an die Hauswände: HOSS UND BITSCHI. Immer wieder HOSS UND BITSCHI.
Morgen werden es alle lesen aus ihrer Klasse, auf dem Schulweg. HOSS UND BITSCHI. Das ist viel schlimmer als HOSS IST EINE SAU.
Wacki schreibt, bis die Farbe im Filzer alle ist. Aber seine Wut ist noch nicht alle. Er kratzt mit dem leeren Filzer weiter in den Verputz der Häuserwände: HOSS UND BITSCHI.
Als der leere Filzer schon ganz verbogen ist, kratzt er unter das letzte HOSS UND BITSCHI noch ein Zeichen: ein Kreuz mit zwei Querbalken und drum herum ein Kreis. Das sieht aus wie ein Stempel oder eine Markierung. Wie von einem Handwerker, der sie da eben mal in die Mauer geritzt hat, weil er keinen Bleistift dabei hatte.
Aber es ist kein Stempel und keine Markierung.
Es ist das vierte Signal aus der geheimen Zeichenreihe, die nur König Kupferkopfs Getreue kennen. Es steht für Rache, Sühne und Abrechnung.
Und es bedeutet: »König Kupferkopf wird deine Schandtat rächen. Er wird dich finden, wo immer du dich auch verborgen hältst. Dein Blut wird sein Schwert Dulyla röten.«

## 2

KÖNIG KUPFERKOPF – *ein wahrhaft ritterliches Spielzeug, das in die Hand eines jeden echten Jungen gehört!*

*Körper und Gliedmaßen sind aus garantiert bruchsicherem Polyester gegossen. Ein Gelenksystem aus hochwertigem Stahl garantiert vollkommen lebensechte Bewegungen. Die Kupferschicht auf der Oberfläche des auch mit Batterie-Antrieb lieferbaren Helden ist garantiert kratzfest und unverwüstlich. Spezialbirnen (wahlweise meergrün/resedagrün) zur indirekten Beleuchtung der Augen (zwecks Einschrauben, Kopf mit beiliegendem Spezialschlüssel öffnen) im Kaufpreis inbegriffen. Standard-Ausführung Höhe 36 cm mit Kassette. Ausführung de Luxe mit garantiert handgravierten Tätowierungen auf Brust und Armen Höhe 52 cm DM 81.60 mit Koffer aus garantiert echtem Halbleder.*

*Vollkommene Spielfreude und intensives Abenteuer-Erleben garantiert das unerläßliche Zubehör:*

SINGENDES SCHWERT DULYLA *mit garantiert haftsicherem Magnet. Bestell-Nummer 6723: DM 7.20*

SCHILD *mit Lederhalfter. Bestell-Nummer 6734: DM 12.40*

KUPFERNES ROSS SYMOPOX *mit Vorderbein-Antrieb (Batterie und Netz). Bestell-Nummer 6735: DM 21.95*

HELDENMANTEL *mit Kettchen. Bestell-Nummer 6736: DM 8.35*

Solche Heldenmäntel zu nähen ist die Arbeit von Wackis Mutter. Heimarbeit. Für jedes fertige Stück bekommt sie 27 Pfennige. Dafür muß sie die Mäntel aber auch noch bügeln, zusammenlegen, in die Kartons sortieren. Und vor dem Nähen zuschneiden, versteht sich. Jeden Mittwoch kommt der Ausfahrer von der Firma, bringt ihr neuen Stoff und Kettchen und Ösen und Garn und Kartons. Und nimmt die vollen Kartons mit.

Als Wacki nach Hause kommt, fädelt Mutti ihre Nähmaschine gerade neu ein. Wacki gibt ihr einen Kuß auf die Backe.

»Jetzt ist mir der Faden wieder rausgerutscht wegen deiner Küsserei«, nörgelt Mutti. »Hast du wenigstens den Tippschein runtergebracht?« Dabei schaut sie nicht einmal auf.

Das halbe Wohnzimmer ist begraben unter König Kupferkopfs Heldenmänteln. Unter fertigen und unfertigen und halbfertigen und zugeschnittenen. Mutti arbeitet nämlich im Wohnzimmer. Weil die Küche für die Näherei zu klein ist und für das Bügelbrett und was sonst noch alles dazu gehört.

»Wo doch heut Freitag ist. Hinterher schimpft Vati wieder.«

Auf der Wohnzimmeranrichte stehen vier Könige Kupferkopf. Drei in Standard-Ausführung und einer in de Luxe. Als Muster, zur Anprobe. *Das wahrhaft ritterliche Spielzeug, das in die Hände eines jeden echten Jungen gehört.* Dabei darf Wacki mit keinem von den vieren spielen. Noch nicht einmal anfassen darf er sie. Denn sie sind allesamt teure Leihgaben von der Firma, für die Mutti näht.

»Hast wohl Kaugummi in den Ohren! Ich sag, es ist Freitag!«
Wacki starrt die Könige Kupferkopf an.

*An jedem Arm des Königs hing ein Rudel Feinde. Er schüttelte sie ab mit einer lässigen Bewegung, die der eines edlen Pferdes glich, das seine Mähne in den Wind wirft. »Ratten, ihr!« rief der König und lachte sein königliches Lachen.*
*Und das rote Metall seiner Zähne funkelte feurig im Sonnenlicht.*

»Was ist nun mit dem Tippschein?«
Eine Garnrolle kommt geflogen, trifft Wacki kurz unterm Auge. Mutti schaut nicht hin, ob sie getroffen hat – sie säumt und säumt und säumt weiter an den Heldenmänteln. Sie muß noch gute drei Dutzend fertigbringen, ehe Vati nach Hause kommt und nach dem Abendessen verlangt.
Himmelarschundzwirn, der Tippschein! Der hatte doch in dem KÖNIG KUPFERKOPF-Heft gelegen, das Hoss geraubt hat! Und nun segelt er irgendwo draußen auf der Straße herum. Das gibt Zoff, so wahr Hoss eine Arschgeige ist.
Nichts wie raus. Nichts wie den Tippschein suchen ...
Erst als sie Wacki die Treppe hinunterpoltern hört, merkt Mutti, daß Wacki nicht mehr neben ihr steht.
»Dieser Hackklotz«, denkt sie, »kriegt einfach die Zähne nicht auseinander.« Und langt nach dem Karton mit den Kettchen, und greift eins, und näht es mit sechs Stichen an einen Heldenmantel. Mit sechs Stichen in zehn Sekunden. Und greift wieder eins, ohne hinzuschauen und mechanisch wie eine Maschine.

## 3

Er segelte unverschämt aufgekratzt mit dem Abendwind. Und kümmerte sich keinen Pieps um die Scherereien, die er Wacki damit machte.
Er, der Tippschein. Der eigentlich längst in Herrn Zieglers Tabakladen & Wettannahme liegen sollte. Wie vor ihm all die anderen, für die Vati dann ja doch immer nur 6 Mark 82 ergatterte, wenns hoch kam. Oder einen Freischein.
Aber er lag nicht da. Sondern segelte in der Beethovenstraße an den Fassaden hoch. Wurde von einer leichten Brise über den Silcher-Platz getragen und ruhte sich dort ein knappes Viertelstündchen in den Ästen eines Ahornbaumes aus. Dann packt ihn wieder die Reiselust, und er gleitet nicht nur in die Hebbelstraße hinein, sondern auch auf Nimmerwiedersehen davon ...
Und das alles war nur passiert, weil Wacki schon wieder mal Marita aufgehalst bekommen hatte. Das Baby.
»Wenn du schon zu Ziegler gehst, den Tippschein wegbringen, dann fahr doch auch Marita noch ein bißchen um den Block«, hatte Mutti gesagt. »Die war heute noch gar nicht an der frischen Luft.«
Schon wieder mal!
Also hatte sich Wacki auf eine längere Reise eingerichtet. Nicht bloß um zwei Ecken, sondern um acht oder neun. Auf so einer Tour braucht man was zu lesen. Und was zum Sich-Verstecken. Wenn man sich nämlich gar zu sehr schämt, daß man als Junge von zehneinhalb ein Baby herumkarren muß. Und was kam für Wacki als Schäme-Schirm und Lesefutter in Frage, was ganz al-

lein? KÖNIG KUPFERKOPF natürlich. Heft 21. DIE REISE AN DAS ENDE DER WELT.
Da hinein hatte Wacki den Tippschein geklemmt, zwischen die Seiten 56 und 57. Und da hatte er friedlich geschlummert, bis –
Bis das mit dem Affenarsch Hoss passiert war.
Wacki sucht und sucht, bis es dunkel ist und jedes weggeworfene Kaugummi-Papier aussieht wie Vatis Toto-Schein. Da gibt er auf.
Zwar hat er schon Geschichten gehört von zerknüllten, verlorenen verwehten Scheinen, die ein Irgendwer aufgehoben hat und dafür ein paar Millionen Mark kassiert haben soll. Und einen kleinen Augenblick lang stellt Wacki sich vor, sein Vati käme in einer solchen wilden Geschichte vor ... und er muß grinsen. Trotz allem.
Nein, Vati war für so eine Geschichte viel zu klein. Ihm konnte so etwas nicht passieren.
»Wenn ich mich kleinmache und nicht auffalle und Glück habe«, knobelt Wacki, »dann fragen sie mich bis Sonntag nicht nach dem Tippschein.« Und macht sich langsam auf den Weg nach Hause. »Am Montag ist dann eh alles vergessen.«
Und er zeichnet vorsorglich mit dem rechten Zeigefinger das Signal Nummer neun von König Kupferkopfs Getreuen in die linke Handfläche: »Ich stelle mich unter deinen Schutz, o König. Ich lege mein Herz in deine Hände und weiß: du wirst mich erretten.«

# 4

Die meisten freuen sich die ganze Woche über auf den Samstag. Wacki auch.
Aber die meisten freuen sich auf den Samstag, weil da die Bundesliga spielt. Wacki nicht.
Wacki freut sich auf den Samstag, weil es da im Fernsehen KÖNIG KUPFERKOPF gibt.
Die andern in der Klasse stehen auf ganz was anderes. Ein paar auf »Die rote Spur«. Am Montag um 18 Uhr 15. Wieder andere auf den »Inspektor Quibb« am Dienstag. Um 18 Uhr 15. Die Braven in der Klasse schwärmen für »Jolly macht's besser«, am Mittwoch. Um 18 Uhr 15. Am Donnerstag gibts dann »Quabbi schlägt sich durch«. Um 18 Uhr 15. Das gucken sich die Weiber in der Klasse immer an. Und am Freitag um 18 Uhr 15? »Der Unbesiegbare«. Auf den stehen sämtliche Jungs aus der Klasse. Bis auf Wacki.
Heute ist Wackis Tag. KÖNIG KUPFERKOPF! 18 Uhr 15.
Wacki schnüffelt ins Wohnzimmer. Das ist leer. Mutti rumort in der Küche.
Wacki schaufelt die Heldenmäntel vom Fernseher. Der ist richtig zugemauert mit Heldenmänteln. Sie liegen in Schichten zu je zwanzig Stück aufeinander und sehen aus wie dicke grüne Torten, die ihre dicken grünen Schwarten so weit herunterflappen lassen, daß man die Mattscheibe nicht mehr sieht.
Wacki legt die Torten auf den Teppich vor dem Fernseher. Sonst ist nirgendwo mehr Platz. Er macht den Fernseher an und legt sich zwischen die grünen Torten, das

Kinn weich auf einer Rolle grünem Stoff, der noch nicht ausgepackt ist.
Der Flimmerkasten wird langsam warm.
»... die gibt der Zahnarzt seiner Familie!« Das Fernsehmännchen tritt auf seinen langen Bart und stolpert. »Das beglückende Gefühl, endlich Herr in Ihren eigenen vier Wänden zu sein – die Landesbausparkasse beschert es Ihnen!«
Das Fernsehmännchen marschiert mit einem Staubsauger auf und blödhubert dermaßen herum, daß der Brummschlitten seinen Bart verschluckt.
Recht geschieht ihm! Denkt Wacki. Was muß er sich auch so dalbrig aufführen auf demselben Bildschirm, auf dem doch gleich KÖNIG KUPFERKOPF erscheinen wird!
Wacki kann das Fernsehmännchen heute gestohlen bleiben, samt seinen Späßchen. Und samt den Einbauküchen und Rasenmähern und Trockenrasierern und Schönheitsseifen, die zwischen den Späßchen von dummglücklichen Grinsern angepriesen werden.
Als hätten sie laut gehört, was Wacki nur leise dachte, verschwinden die Grinser Knall und Fall. Flupp, und weg sind sie. In der leeren grauen Mattscheibe kann Wacki sich selber sehen, wie er mit beiden Zeigefingern in der Nase popelt.
Vor Aufregung.
Bitte lieber Fernseher, laß deine Mattscheibe nicht so leer und stumm. Laß bittebitte endlich raus, auf was ich seit einer langen langen langen Woche warte –
Du weißt schon was.
Und als das Duweißtschonwas dann endlich da ist, geht es Wacki wie es ihm immer geht, wenn er den ersten

Ton der KÖNIG-KUPFERKOPF-Musik hört: er fühlt sich wie einer, der in einen tiefen tiefen Schacht fällt.
Es beginnt mit einem schwarzen Schrei. Ja, schwarz. Und das nicht, weil der Fernsehschirm noch finster ist. Sondern weil der Schrei so schwarz ist wie die Nacht, die da war, bevor die Welt erschaffen worden ist. Und dann mischt sich so etwas wie ein Klirren in den schwarzen Schrei und man fängt an, etwas auf dem Bildschirm zu erkennen: eine Wolkenwand, die grau und blau durcheinanderwabert.
Eine Trompete klagt von irgendwo her, und es klingt wie ein Hilferuf.
Mit einem Mal blinkt mitten in den Wolken etwas auf. Verschwindet wieder. Blinkt wieder. Wird größer. Etwas wie eine rote Flamme. Sie durchstößt die Wolken. Da ist es gar keine Flamme mehr.
Es ist KÖNIG KUPFERKOPF.
Das Licht brennt rot auf seiner Rüstung. Auf seinem Roß. Auf seinem metallenen Gesicht. Er galoppiert vorwärts, direkt auf den Zuschauer zu.
Immer, wenn es soweit ist, weiß Wacki sich nicht mehr zu halten vor Aufregung. Er springt auf und hüpft vor dem Fernseher hin und her. Oft schon wurde ihm dabei die Blase undicht und die Hose naß.
Aber das merkte er immer erst nach der Sendung.
Des Königs Gesicht rückt nah heran. So nah, daß Wacki jedesmal zurückweicht. Die Kerben in der Kupferhaut des Königs sind lang wie Finger – vernarbte Erinnerungen an zahllose, siegreich bestandene Kämpfe. Nun dreht er den Kopf. Bis jetzt hat er irgendwo in die Ferne gesehen, einem unsichtbaren Ziel entgegen. Aber jetzt schaut er den an, der ihn anschaut.

Nicht, daß er lächelt dabei. Aber in sein Gesicht fällt so etwas wie die Wärme des Wiedererkennens: du bist also auch da. Grade du.
Jede Woche, sechs Tage lang, bibbert Wacki diesem Moment entgegen, wo der König ihn so ansehen wird. Und nur ihn allein!
Er sinkt in die grüne Torte. Ihm ist heiß.
In den grünen Augen des Königs ein Licht, das blendet wie Sommersonne am Mittag. Er reitet näher und näher, bis sein Roß als dunkler Schirm das ganze Bild ausfüllt.
Darauf eine Schrift. Sie sieht aus wie eine Armee von hundert Rittern, die ihre klobigen Schilde über sich halten.
DAS TAL DER LEBENDEN STEINE.
Lebende Steine. Super. Wacki setzt sich erwartungsvoll zurecht.

*Grimme Unterdrückung herrscht im Lande Omur. Die Menschen gehen einher mit Gesichtern, verschlossen wie Mauern. Das Lachen ist verschwunden aus dem Lande Omur. Angst ist eingekehrt in dies ehedem so glückliche Land, seitdem Baran der Bucklige die Herrschaft an sich gerissen hat.*

Das ist einer von denen, die man nie allein auf der Straße sieht. Die immer einen Trupp Reiter in dunklen Harnischen dabei haben. Wenn Baran der Bucklige wo anhält, dann steigt er nicht ab und vertritt sich die Beine. Er bleibt stur auf seinem Gaul sitzen und deutet auf etwas, was man aber noch nicht sehen kann.
Zuerst denkt man, er zeigt nur den Weg. Aber in Wirklichkeit zeigt er auf einen Untertan.

Die Reiter in den dunklen Harnischen sitzen dann ab und packen den Armen. Dabei kugeln sie ihm die Gelenke aus, mindestens. Dann werfen sie ihn ins Verließ, und man sieht von innen, wie sie ihn die Treppe runterstoßen.
Oder er kriegt einen Strick um den Hals und muß hinter Baran dem Buckligen herstolpern über Stock und über Stein. Und muß mit ansehen, wie der Bucklige schon wieder anhält und auf ein Opfer zeigt. Auf einen Bauern, dem sie die Kühe wegtreiben. Auf einen ehrlichen alten Minister, der noch zum rechtmäßigen König hält und dafür in den Fluß geworfen wird. Auf eine Mutter, der sie die Kinder fortnehmen.
Wacki beißt sich in die Knöchel, so sehr hat er Mitleid mit den Gepiesackten. Er schreit nach dem, der ihnen allein helfen kann.
Und der ist plötzlich im Bild. KÖNIG KUPFERKOPF. Wacki ist sicher, daß er selbst es war, der ihn herbeigerufen hat. Er will ihm das Unrecht in die Ohren schreien, das die armen Leute von Omur erdulden müssen.
Da kommt schon ein anderer angerannt und ächzt mit letzter Kraft:
*»Die von Baran dem Buckligen Geknechteten rufen nach Euch, o König! Das blühende Reich von Omur liegt in Blut und Schrecknis!«*
Dann bricht er tot zusammen. Denn er hat die ganze Zeit über schon einen Pfeil im Rücken gehabt.
König Kupferkopf schaut den Pfeil an, als ob er da drauf lesen könnte, was in Omur alles Fürchterliches passiert. Dann schaut er aus dem Fernseher heraus.
Jajajaja, großer König, du mußt denen in Omur helfen! Es pressiert!

Der König wird wütend. Über Baran, den Saukerl. Aus seinen grünen Edelsteinaugen schießen Blitze. Und wütende Donner grollen hinterdrein.
Nun steig schon auf dein Roß, König!
Als hätte er auch das wieder gehört, springt er in den Sattel. Jetzt mach dein Testament, Baran! Das Roß Symopox galoppiert davon, so schnell es kann. Und die Musik feuert es an –
Plötzlich ist das Roß verschwunden und der König auch.
Ein Typ in kurzen Hosen und mit einer 7 auf dem Rükken köpfelt einen Ball ins Tor.
»Nach einer Vorlage von Clausnitzer verwandelt Reckel unhaltbar zum zwo zu null. Und das bereits in der neunten Minute!«
Wacki ist es, als ob ihm jemand heißen Kaffee ins Hirn gießt.
Vati hat den Fernseher aufs andere Programm umgeschaltet. Das macht der immer so. Ohne zu fragen. »Den Fernseher hab ich bezahlt, oder? Dann kann ich auch machen mit ihm was ich will, oder?«
Es bringt Wacki nichts, wenn er da aufmuckt. Außer, daß er ein paar gescheuert kriegt.
Vati sitzt kreuzfidel da, die Arme hinterm Kopf verschränkt. »Das sind dir vielleicht Säcke! So was von Abseitsfalle riecht man doch zwanzig Meter gegen den Wind!«
Vati hält sich für einen Fußball-Experten erster Klasse. Vati kickt nämlich in einer Amateurgruppe. Rechter Verteidiger. Sonntags gegen die Werksfahrer von der Firma Schaibmeyer & Söhne.
Jetzt brüllt er wieder so, als wär ihm die halbe Schaib-

meyer-Mannschaft auf den großen Zeh getreten. »Die ganze Verteidigung vorn und keiner deckt den Waranski!«
Wütend dreht er sich zu Wacki. »Schau dir das an! Und so was will Profi sein! Solche von dem Schnittmuster täten sie ja nicht mal in der Schaibmeyer-Mannschaft als Aushilfe zulassen.«
Erst jetzt merkt er, daß Wackis Gesicht voller Tränen ist. »Was gibts denn zu flennen?«
Bis jetzt hat Wacki still vor sich hingeheult. Vatis ruppige Frage aber dreht nun den Tränenhahn erst richtig auf.
»So eine Kombination! Die sind ja wieder schwer im Kommen. Gegen letzten Samstag! Da hätt ich einen Furz drauf gelassen, daß die absteigen.«
Mitten im Wohnzimmer führt Vati sich auf wie auf der Tribüne. »Mensch, und ich Arsch mit Ohren hab auf die andern getippt. Hab ich doch, oder?«
Wieder schaut er einen Augenblick zu seinem Sohn hin. Ohne zu sehen, daß der am Boden liegt und schluchzt.
»Hab ich oder hab ich nicht? Wacki, hol doch mal die Durchschrift vom Tippzettel her!«
In Wackis Ohren saust es, als würden in einem ganzen Stadtviertel gleichzeitig alle Klospülungen gezogen. Dieser verdammte Tippschein! Wegen diesem Fetzen Papier hat Wacki doch einen Hilferuf an den König in seine linke Handfläche gezeichnet. Das Signal Nummer neun.
»Den Tippschein, dalli!«
Das Signal Nummer neun hat nicht gewirkt. Oder hat der König so viel zu tun mit anderen Hilferufen, daß er sich um die von Wacki nicht mehr kümmern kann?
»Den Tippschein, sag ich!«

Wenn Vatis Stimme so klingt wie jetzt, bringt man sich am besten schnell in Sicherheit. Der Ohrfeigenbaum fällt nämlich dann bald um. Leiseleis steht Wacki auf. Grüne Bäche laufen über sein Gesicht. Die Tränen haben die Farbe der Heldenmäntel aufgesogen und sich zum Salzbrei verkrustet. Wenn Wacki erst draußen ist im Flur, wird ihm schon was Rettendes einfallen. Aber von wegen –

Schon in der Wohnzimmertür stößt er mit Mutti zusammen. Die kräht schnurstracks: »Ich hab den Bengel im Verdacht, er hat den Tippschein verschlampt!«

Na dann Mahlzeit. Das kann ja was geben.

Mutti verhaftet Wacki und schleppt ihn zu Vati. So wie die Schergen Barans des Buckligen einen ertappten Unglückswurm zu Baran schleppen, damit der seinen grausamen Willkürspruch fällen kann.

Vati ist schon wieder mit allen Sinnen beim nächsten Spiel. »Klares Foul! Ganz klares Foul! Wieso pfeift denn der das nicht, das stinkt ja zum Himmel!«

Vati ist jetzt nicht in der Stimmung, ein Urteil über Wakki zu sprechen.

Darum tut Mutti es selber. »Dafür, daß du den Tippschein versaubeutelt hast, kassierst du morgen Hausarrest.«

Überlaut sagt sie das, damit auch Vati es mitbekommt. Aber der ist ganz woanders. »Ein pfundiger Elfmeter! So ein pfundiger Elfmeter! Eine Bombe!«

In das befriedigte Schweigen hinein, das dem pfundigen Elfmeter folgt, sagt Mutti scharf und hart: »Willi, der Bub hat deinen Tippschein nicht weggetragen.«

Diesmal steigt Vati herunter aus seinem Fußballhimmel.

Er schaut wie einer, dem ein Dackel grade die Leberwurst vom Brot frißt.
»Nicht weggetragen?«
»Ich hab ihm schon Hausarrest reingewürgt deswegen.«
»Wo ich mir jetzt schon ausrechnen kann, daß ich mindestens sieben Richtige hab!«
Mutti schubst Wacki zu Vati hin, als ob sie es an der Zeit fände, daß der Sohn ein paar Saftige reingehauen kriegt. Stärker als die Angst vor Vatis Schlagehand ist Wackis Ekel vor dem Hühnerfett, nach dem Vati riecht.
»Sieben Richtige! Bis jetzt. Vielleicht werdens ja noch mehr. Wie kann der Bub das je wieder gut machen.«
Vati holt aus. Aber da schnattert ein aufgeregter Sportsmensch im Fernseher: »Atemlose Spannung herrschte heute im Müngersdorfer Stadion unter den neuntausend, die gekommen waren, um –«
Die Hand, die eben noch zuschlagen wollte, faßt aufgeregt in die Haare. In die hühnerfettstinkigen. Vati ist wieder drüben im Fußballhimmel. Er nuschelt nur noch: »Ich nehm ihn mir später vor.«
Das ist für Mutti soviel wie ein Befehl, Wacki strafweise in die Heia zu schicken. Ohne Abendbrot.
Wackis Bett ist das Sofa in der Wohnküche. Weil man da aber keinen schwarzen Vorhang runterlassen kann, der ihn abtrennt von der Welt der Braven, die noch aufbleiben dürfen und auch was zu essen kriegen, bekommt Wacki bei voller Beleuchtung mit, wie Mutti das Abendessen zubereitet. Und ins Wohnzimmer schleppt.
Wie Mutti wieder zurückbringt, was davon übriggeblieben ist. Wie sie das Baby wickelt und ihm zum letzten

Mal für heute die Flasche gibt. Wie Vati aus dem Wohnzimmer brüllt, sie sollte das Bier nicht vergessen. Wie sie den Kinderwagen wiegt, bis das Baby eingeschlafen ist. Wie Vati brüllt, das Kirschwasser sollte sie auch gleich mitbringen.
Und wie sie bei alldem tut, als sei Wacki gar nicht da.
Wenn Wacki doch wirklich nicht da wäre ... einfach verschwinden könnte wie das Kaninchen beim Zauberer. Morgen früh würde Mutti dann die Zudecke zurückschlagen, die noch immer den Umriß von Wacki aufbewahrt. Aber da wäre kein Wacki mehr drunter, und nie nie nie mehr würde er zurückkommen ...
Ja, da hätten sie was zum Flennen, diese Geiereltern. Wacki gönnts ihnen.
Das Kirschwasser ist natürlich kein Wasser, sondern was Scharfes und Hitziges. Immer, wenn sie das trinken – und sie trinken es nur am Samstagabend –, geht im Wohnzimmer ein Gekreische los. Das dann irgendwann in der Nacht zum Schlafzimmer hinüberwandert und dort zum Gequieke wird. Dazwischen kuckt Mutti immer nochmal in die Wohnküche, ob die Kinder auch wirklich schlafen.
Wacki tut so als ob. Als das Gequieke im Schlafzimmer dann (wie immer) zum Gegurre wird, ist er vor lauter Sich-schlafend-Stellen tatsächlich am Wegsegeln.
Ehe er ganz hinübertrudelt, denkt er noch: König Kupferkopf riecht ganz bestimmt nicht nach Hühnerfett. Der nicht ...

# 5

Jeden Sonntag um elf spielt Vati mit seinen Kollegen, den Hühnerbratern, auf der Wiese neben der Brauerei Vierheilig gegen die Mannschaft der Firma Schaibmeyer & Söhne.
Jeden Sonntag gegen zehn wuselt Mutti aufgescheucht durch die Wohnung und lamentiert, daß sie es diesmal bestimmt nicht schafft, zeitlich. Und daß sie nicht versteht, wieso sogar das Baby mit auf den Fußballplatz muß.
Jeden Sonntag gegen zehn brüllt Vati aus dem Badezimmer, daß die Frauen von den Kollegen auch alle ihre Kinder mitbrächten, und ob Mutti da vielleicht als einzige aus der Reihe tanzen will. Und außerdem sei in zwanzig Minuten Abfahrt. Und zwar eisern.
So ist es auch an diesem Sonntag.
Mutti lamentiert, daß sie es nicht schafft und wieso bittschön auch noch das Baby. Und Vati verkündet aus dem Badezimmer, daß die anderen Kollegenfrauen auch alle.
Wacki ist seit halb sieben wach. Vatis Drohung »Ich nehm ihn mir später vor« war sein Wecker. Wenn Wakki nur wüßte, wann dieses »später« nun sein soll! Zum Frühstück schon? Oder erst nach dem Spiel auf der Wiese bei der Brauerei? Oder erst am Abend? Vorerst hält er es für das beste, ausführlich den Tiefschläfer zu markieren.
Aus zugekniffenen Augen beobachtet er, wie Mutti hastig Filterkaffee aufgießt und Stullen schmiert und das Baby versorgt. Kein einziges Mal schaut sie dabei nach Wacki.

Wonne in Dosen! Denkt Wacki. Die haben mich vergessen. Wenn sie weg sind, spring ich aus dem Bett und alles ist überstanden.
Aber da hat Wacki sich verrechnet. Schon klingt aus dem Flur ein gedämpftes Scharrescharreplotz, das sich anhört wie Mäntel-Anziehen und Hausschlüssel-Einstecken. Da kommt Mutti noch einmal in die Wohnküche gewuselt.
»Jetzt ist genug an der Matratze gehorcht!« Sie zerrt ihn hoch. »Du brauchst nicht denken, du kannst deinen Hausarrest einfach verpennen!«
Sie bugsiert ihn ins Elternschlafzimmer. »Hier drin kannst du jetzt ausgiebig nachdenken über deine Pflichtvergessenheit.« Ausgerechnet im Elternschlafzimmer! Dem langweiligsten Ort in der ganzen Wohnung. Wo kein Fernseher steht und kein Kühlschrank, aus dem man sich was zu essen holen könnte. Und wo Wacki seine KÖNIG-KUPFERKOPF-Hefte nicht vorrätig hat. Die Tür knallt zu.
Dann geht sie nochmal auf. Mutti stellt einen Teller mit Broten auf den Frisiertisch vor dem Spiegel. Man kann sehen, daß sie die in aller Eile geschmiert hat, denn an den Manschetten ihrer guten Sonntagsbluse hängt eben derselbe Petersilienquark, der auch zwischen den zusammengeklappten Stullen herausquillt. Neben den Teller knallt sie einen Wachskarton mit Milch. Daß Wacki weder Quarkbrot noch Milch mag, versteht sich von selbst. Mutti weiß das. Und trotzdem –
Wacki starrt trotzig die Brote an. Die gehören zu seiner Strafe. Zu dem, was Vati »Vornehmen« nennt. Nie eß ich die, nie! Nicht einmal nach sechs Wochen Einge-

sperrtsein eß ich die! Und er malt sich mit böser, bockiger Freude aus, wie das wäre, wenn –
»Die hartherzigen Eltern fanden ihren einzigen Sohn verhungert neben einem Teller voller Quarkbrote.«
Recht geschähe ihnen!
»Und mit dem Fernsehen ist es auch Essig für die ganze Woche«, quetscht Mutti hervor. »Und mit deinem Kupferkopf am nächsten Sonntag sowieso.«
Für Wacki geht die Welt unter.
Es genügt längst nicht, wenn er nur verhungert. Neben einem Teller voller Quarkbrote. Er muß seine Eltern auch noch bestrafen, indem er zugleich erfriert, verdurstet, sich erhängt und verschollen ist. Vor Wut und Selbstmitleid salzen sich seine Augen mit Tränen zu.
Vati brüllt was von allerletzter Eisenbahn, und eisern, und Abfahrt, und daß er sich nicht jeden Sonntag blamieren will vor den Kollegen, wo die doch immer pünktlich seien im Gegensatz zu Mutti. Die schlägt die Schlafzimmertür zu und schließt ab. Zweimal.
Draußen auf dem Flur knottert Vati, es sei schon über die Zeit, und Mutti jammert, sie könnte halt auch nicht hexen, und das Baby plärrt. Die Hölle ist los.
Aber mitten in dem Höllenspektakel hinter der Elternschlafzimmertür dreht sich noch einmal der Schlüssel im Schloß. Zweimal. Mutti kommt herein. In der Hand hat sie den Kindernachttopf aus Plastik, auf den sie Wacki immer setzte, als er so zwei, drei Jahe alt war. Vorne drauf auf dem Topf grinst Wacki eine Ente entgegen.
»Die quackelt erst dann lieb, wenn du brav dein Geschäft gemacht hast«, pflegte Mutti immer zu sagen, damals.

Jetzt schiebt sie den Plastiktopf unters Elternbett und grummelt bloß: »Für den Fall, du mußt mal.«
Dann schließt sie die Tür endgültig ab. Wieder zweimal. Ein letztes Mal raunzt Vati, ein letztes Mal jammert Mutti, ein letztes Mal plärrt das Baby. Dann ist es plötzlich still draußen auf dem Flur. Sie sind fort.
Unter dem Bett hervor grinst die Ente Wacki so unverschämt vertraulich an, als wäre er noch immer zwei, drei Jahre. »Auf dich setz ich mich bestimmt nicht«, denkt Wacki. »Und wenn es mir die Blase zerreißt!«
Er tritt nach dem Topf. Der schliddert unter dem Bett durch, ballert gegen die Wand und bleibt liegen. Die Ente grinst Wacki schon wieder an: ätsch, ich bin immer noch da!
Wacki reißt das Fenster auf und wirft den Nachttopf raus.
Der hüpft in großen Sprüngen die Straße hinunter und macht einen Mordslärm dabei. Laß dich bloß nicht mehr blicken, Grinse-Ente! Hüpf weiter, bis du in den Kanal fällst und wegtreibst aus der Stadt!
Aber wie zum Trotz hüpft der Topf nicht weiter. Sondern bleibt hängen an den Stufen, die zu Datzigs Bäckerei hinaufführen. Die Ente – immerhin – grinst jetzt nicht mehr Wacki an, sondern die künstlichen Riesen-Bretzen im Schaufenster ...
Um diese Zeit etwa steckt der dicke Albert Schnetz auf der Wiese bei der Brauerei Vierheilig zwei seiner dicken Finger in den Mund und pfeift. Albert Schnetz ist Vatis Kollege in der Hühnerbraterei und Schiedsrichter auf der Wiese, und wenn er pfeift, bedeutet das: die Partie ist eröffnet.
Dann rennt er los und versucht den Ball auf seinen Fuß

zu bekommen. Denn Albert Schnetz ist zugleich der Rechtsaußen der Hühnerbrater. Vatis Elf hat nämlich nur sieben Mann. Aber immer, wenn Wacki sich als achter ins Spiel bringen wollte, erhob sich bei den Hühnerbratern ein großer Protest. Wacki sei noch viel zu klein, hieß es da, und kein vollwertiges Mitglied ihrer Mannschaft, und er sollte erst mal schön am Platzrand hocken und zuschauen und von den Alten lernen, wie man Fußball spielt.

Dort saß Wacki dann auch. Zwischen den Kollegenfrauen und Kollegenkindern und Kollegenbabys und Kollegen-VWs. Jeden Sonntag. Und bekam jeden Sonntag denselben Zirkus zu sehen:

die Schaibmeyers schießen das erste Tor, kaum daß angespielt ist. Rolf Bospischil, der bei den Hühnerbratern im Tor steht, hat klar ein Abseits gesehen. Und überhaupt sei er gelegt worden oder gefoult oder geboxt oder alles zusammen und es sei ein Elfmeter fällig. Weil, die Schaibmeyers hätten sowieso eine ganz linke Tour.

Das lassen die natürlich nicht auf sich sitzen. Und weil bei denen die ganze Sturmspitze aus Italienern besteht, geht auf der Wiese bei der Brauerei nun ein Palaver los, das eine halbe Halbzeit und länger dauert. Die Hühnerbrater krakeelen, sie ließen sich nicht so einen Räuberfußball bieten, und die Schaibmeyers sollten sich damit ins hinterste Sizilien verziehen. Und die Schaibmeyers radebrechen, Vatis Leute hätten Hühnermägen im Gehirn. Dann drohen alle an, sie gingen jetzt nach Hause, und zwar endgültig und nächsten Sonntag sei Sense. Dann steckt der dicke Albert Schnetz zwei seiner dicken Finger in den Mund, und das Spiel geht weiter. Bis die

Schaibmeyers das nächste Tor schießen. Da beginnt dann wieder alles von vorn.
Wacki gafft zum Fenster hinaus. Irgendwas sollte jetzt da draußen passieren. Es müßte ja nicht gleich eine Entführung sein. Zwei raufende Hunde täten es auch schon.
Aber kein Hund zeigt sich. Manchmal ein Auto. Oder ein altes Ehepaar. Langsam und stur trippeln sie ihres Weges. Ohne auf einer Bananenschale auszurutschen oder die Hüte zu verlieren.
Stöhnend läßt Wacki sich aufs Bett fallen. Ob man auch an Langeweile sterben kann, statt an Hunger? Noch ist nicht einmal die erste halbe Stunde seiner Haft um, da spürt Wacki schon, daß er der erste Langeweile-Tote der Welt sein wird.
Das gönnt er seinen Eltern!
Sie hängen ihm genau gegenüber an der Wand und sehen ihn treuherzig an. Ihr werdet noch ganz anders gukken als auf eurem Hochzeitsfoto, wenn ihr meine Knochen in eurem Schlafzimmer findet, ihr –!
Daneben hängt Wacki selbst an der Wand. Wacki als Baby. Wacki allein, Wacki mit den Omas, Wacki auf der Wiese, Wacki unterm Tannenbaum, Wacki mit Schultüte. Wacki, Wacki, Wacki.
Es hängt kein Foto da, das Wacki so zeigt, wie er jetzt aussieht. Die Eltern haben jetzt ein anderes Kind, das sie fotografieren. Marita. Wackis winzige Schwester. Das Baby. Und während es von Wacki nur schwarzweiße Bilder gibt, sind die Fotos vom Baby alle in Farbe: Marita allein, Marita mit den Omas, Marita auf der Wiese, Marita unterm Tannenbaum. Marita, Marita. Marita.

Stück für Stück pflückt Wacki die Farbfotos von der Wand. Stück um Stück rollt er sie zusammen und pustet mit aller Kraft hinein. Wie kleine Raketen schießen sie durch den Raum und fallen zerknüllt und unansehnlich zu Boden.

Erst jetzt merkt Wacki, wie groß sein Gefängnis ist.

Wozu brauchen die Eltern bloß so viel Platz, wo sie doch nur zum Schlafen hier reingehen? Wozu haben sie überhaupt ein ganzes Zimmer nur zum Schlafen? Wackis Schlafzimmer ist die Wohnküche, aber er geht da nicht bloß zum Schlafen rein. Er macht auch die Hausaufgaben da, und er spielt da, und gekocht wird auch noch da, und außerdem steht das Baby-Bett noch da.

Obwohl es für Wacki allein schon zu eng ist in der Küche. Der längste Sprung, den Wacki dort machen kann, ist der vom Kühlschrank zu dem Sofa, auf dem er schläft. Aber das ist gar kein richtiger Sprung, sondern nur ein großer Schritt. Und für einen Erwachsenen ist es ein kleiner Schritt.

Hier dagegen, im Elternschlafzimmer! Hier kann man ja auf Weitsprungmeister trainieren.

Wacki probiert aus, ob er es schafft, von der Kante der Frisierkommode auf die Bettkante zu springen. Die Strecke ist fast so groß wie die Wohnküche an der Schmalseite lang. Bei den ersten beiden Versuchen schlägt er mit den Schienbeinen hart auf, aber von da an landet er immer meisterlicher auf Bett und Frisierkommode.

Wacki, der Meister im Frisierkommodenspringen.

Er schraubt den Schwierigkeitsgrad höher. So wie Herr Geierwein, der Turnlehrer, beim Hochsprung die Latte

immer noch ein paar Zentimeter höher legt und fragt: »Na, wer riskierts?«
Wacki riskiert da nie was. Weil er das Lachen der anderen schon in den Ohren hat, noch ehe er springt. »Unsere Dickwurst hopst wie ein Kartoffelsack!« höhnt Hoss, und die anderen amüsieren sich auf Wackis Kosten.
Hier aber, wo keiner über ihn lachen kann – hier riskiert er was. Er klettert auf den Wäscheschrank (er braucht dazu den Nähkorb und einen Stuhl), preßt sich mit dem Rücken gegen die Wand – 1,2,3 und los! – und landet mitten im Elternbett.
Die Bettfedern schleudern ihn ein paar Mal auf und nieder und es kitzelt im Bauch. Wieder und wieder springt er und landet in einem lustigen kleinen Seegang.
Bis er außer Puste ist. Schnaufend liegt er im Bett und mißt mit den Augen den Kleiderschrank ab. Der ist das höchste Möbel im Schlafzimmer, und der Wäscheschrank ist gegen ihn bloß ein Zwerg. Zwischen seiner Oberkante und der Zimmerdecke ist kaum mehr als eine Handbreit Luft.
»Na, wer riskierts?«
Wacki braucht eine Kletterhilfe, um auf den Riesen von Kleiderschrank hinaufzugelangen. Er schiebt Muttis Frisierkommode an, um sie gegen den Schrank zu wuchten. Aber die, dick und schwer, denkt nicht daran, sich von der Stelle zu rühren. Also muß Wacki sie wohl oder übel leerräumen.
Nachdem er all die Sprays und Dosen und Schuhe auf den Fußboden gepackt hat und die Schubladen noch dazu, ist die Kommode schon eher zum Transport aufgelegt. Schwer genug freilich ist sie noch immer, und Wak-

ki schwitzt sich ganz schön einen ab, bis er sie endlich an den Kleiderschrank geschoben hat.
Noch immer aber reicht es nicht zum Aufstieg. Er muß auch noch einen Stuhl auf die Kommode stellen, und auf den Stuhl den Nähkorb, und auf den Nähkorb muß er einige Lagen Bettwäsche aus dem Wäscheschrank schichten.
Endlich ist er oben. Er fühlt sich, eingezwängt zwischen Kleiderschrank und Zimmerdecke, wie auf dem Gipfel eines Dreitausenders.
1,2,3 – los!« kommandiert Wacki sich selbst.
Aber er springt nicht. »1,2,3 – los!« Wieder nicht. Das nächste Mal aber ganz bestimmt. »1,2, zweieinhalb, zweidreiviertel ...«
Es ist einfach zu hoch.
Das Elternschlafzimmer liegt da unten wie eine tiefe Schlucht. Wer sich da hinunterstürzt, der fällt ins Bodenlose.

*Hoch oben im Norden, wo Bäume und Matten dem ewigen Fels gewichen sind, wo keine Frühlingsblüte den Wechsel der Jahreszeiten anzeigt und wo über dem schweigenden Gebirge das hohe kalte Grün eines unwandelbaren Himmels ruht, den kein Tag erhellt und keine Nacht verdunkelt –*
*Hoch oben im Norden ragt ein gewaltiger Fels auf, der alle anderen Felsen herrisch übergipfelt. Seine Schlünde fallen ab in unnennbare Tiefen, und sein Gestein ist glatt wie die Klinge eines Schwertes. Seine erzenen Flanken funkeln schwarz wie die schwärzeste Nacht, sein Gipfel aber leuchtet brandrot wie Feuer.*
*Kein Abendrot, keine Morgendämmerung, keine Mit-*

*tagshelle umspielen ihn und leihen ihm ihr Licht: er erstrahlt aus eigener, innerer Kraft seit Jahrtausenden und Aberjahrtausenden.*
*Er reckt sich hoch, als blicke er weithin in die Welt hinaus, als betrachte er das Leben der Menschen in der Ferne.*
*Und so ist es in der Tat.*
*Denn der Gipfel des Felsen ist lebendig. Etwas in ihm fühlt die Geschicke der Menschheit an sich vorübergleiten. Fühlt ihr Glück, ihre Leiden, ihren Tod und ihre Geburt, beobachtet all ihr Treiben.*
*Wenn aber ein Unrecht geschieht in der fernen Welt der Menschen, so begibt sich etwas Wundersames um den Felsen hoch im Norden: ein Singen hebt an, wie von Metall. Wie eine Glocke, die vom Klöppel berührt wird, aber ihren vollen Ton noch nicht erschallen läßt. Das Singen erstarkt zu einem mächtigen Orgelton, der den Felsen erdröhnen läßt und in den Tälern ringsum ein unendliches Echo findet.*
*Je mächtiger aber der Orgelton erstarkt, desto lodernder wird das Licht im Gipfel des Felsen, bis dieser flammend erglüht und schmilzt. Das glühende Metall zerfließt jedoch nicht, sondern gerinnt zu einer Gestalt:*
*– der eines Ritters zu Pferde. In den Händen hält er ein gewaltiges Schwert. Von diesem geht das Singen aus.*
*Das Roß scharrt ungestüm mit den Hufen. Der Ritter belebt sich, weit und kraftvoll stößt er sein Schwert in die Luft hinein und ruft:*
*»Führe mich, du mein singendes Schwert Dulyla! Führe mich dort hin, wo einem Menschen Schmach angetan wird, auf daß ich ihn räche!«*
*Das Roß bäumt sich hoch auf und setzt zu einem gewal-*

*tigen Sprunge an, hinweg über die Täler und Schluchten des Gebirges …*

Da springt auch Wacki.
Auf der Wiese bei der Brauerei haben sie zu Ende gespielt. Weil Rolf Bospischil nur allerhöchstens jedes dritte Tor anerkennt, hat seine Hühnerbrater-Mannschaft natürlich gesiegt. Und weil die Schaibmeyers sowieso die mehreren Tore haben und nicht anerkennen, daß Rolf Bospischil sie nicht anerkennt, hat ihre Mannschaft natürlich auch gesiegt.
Und so gehen jetzt beide ihren Triumph feiern. Die Schaibmeyers ins »Bratwurstglöckle«, und die Hühnerbrater ins »Feuchte Eck«. Die Familienmitglieder müssen alle mitkommen zur Siegesfeier, samt Kindern und Kleinkindern. Denn das fördert den Kameradschaftsgeist, sagen die Hühnerbrater.
Nach dem dritten, vierten Glas Bier motzen die Hühnerbrater: man müßte nicht nur am Sonntag zusammenkommen, zum Spiel, sondern auch am Mittwoch. Zum Training. Vati ist da immer der erste, der sich ereifert. »Jawohl, ein Training gehört her, endlich einmal! Die Schaibmeyers leisten sich auch eins. Bei denen ist die Leitung nicht so stur wie bei uns.«
Wenn das mit der sturen Leitung heraus ist, schauen alle zu Herrn Klauwacht hin. Herr Klauwacht ist das höchste Tier in der Mannschaft. Zwar tut er sich sonntags nur schlecht und recht in der Verteidigung um, aber dafür ist er werktags Geschäftsführer in der Hühnerbraterei. Außerdem gehört ihm der Fußball, mit dem Vatis Kollegen und die Schaibmeyers spielen. Den leiht Herr Klauwacht nicht einfach aus, den »stellt er freundlicher-

weise zur Verfügung«, wie er immer wieder pomadig hervorhebt.
Und das auch nur »schweren Herzens. Denn der Ball trägt ein eigenhändiges Autogramm von Paul Breitner, Sie verstehen«. Die Hühnerbrater verstehen: der Ball ist eigentlich zu schade zum Treten.
Bloß das Autogramm, das hat noch keiner darauf entdeckt.
»Herr Klauwacht, wir müssen am Mittwoch früher Feierabend kriegen. Damit wir Zeit haben fürs Training.« Jeden Sonntag sagt ihm das einer. Mal der Bospischil, mal der dicke Albert Schnetz.
Nur Vati sagt das nie, weil er sich sowas nicht traut, gegenüber einem Vorgesetzten.
Herr Klauwacht grinst. »So weit geht mein Einfluß nicht, um das in der Zentrale durchzudrücken.« Das heißt: es gibt nicht früher frei. Und damit auch kein Training.
»Immer schiebt er alles auf die Zentrale«, schimpft Vati. Aber nur ganz leise, damit Herr Klauwacht es nicht hört. Und Rolf Bospischil meckert: »Das mit dem Autogramm vom Paul Breitner ist bestimmt auch bloß Schmuh.« Und dann bestellen sie alle noch ein Bier und einen Korn dazu, und für die Frauen eine Fanta, und für die Kinder Pommes frites, damit sie aufhören zu quengeln und den Hühnerbratern nicht dauernd damit in den Ohren liegen, sie wollten jetzt endlich raus aus dem »Feuchten Eck«, und das sei ein ganz langweiliger Sonntag.
Aber heute, an diesem Sonntag, hat Vati ja endlich ein neues Thema: Wacki.
Wenn andere Väter sich bei den Leuten ankratzen wol-

len, erzählen sie Witze. Wackis Vati kann sich keinen Witz merken. Wackis Vati erzählt den Leuten von Wakkis Schandtaten.
Er ist ganz groß da drin, er ist Bundessieger im Erfinden von Schuftigkeiten, die sein Sohn begangen haben soll.
Daß er aus den eingebildeten acht Richtigen von gestern neun oder zehn macht, ist noch das mindeste. Vielleicht erzählt er den anderen Hühnerbratern auch, daß Wacki sich für das Tippgeld KÖNIG-KUPFERKOPF-Hefte gekauft hat. Und den Schein in den Gully geschmissen hat.
Das aber ist nur die Einleitung. Denn nun kommt die große Arie, die Wacki von so vielen Sonntagmittagen im »Feuchten Eck« kennt. Vati jammert, daß sein »einziger Sohn eine Flaschigkeit aufweist in sportlicher Hinsicht, die wo zum Schämen ist.« Und tut sich dick, er hätte in Wackis Alter schon längst in der C-Mannschaft gespielt. Aber seinen Herrn Sohn, den müßte man ja anflehen, daß er auch nur mal den Arsch lüpft. Und daß er partout nur ans Fressen denkt.
»Schaut ihn euch doch bloß an«, sagt er dann immer, »der quillt doch auf wie ein Hefeteig. Ich weiß gar nicht, wo das noch enden soll. Dem paßt schon keine Konfektionsgröße mehr.«
Die anderen Hühnerbrater kneifen Wacki dann ins Kinn mit ihren nach Hühnerfett riechenden Fingern und trösten feixend: »Der schwitzt sich die Schmalzpakete schon wieder ab, wenn er erst in die Mauser kommt.«
Manchmal sagen sie statt »Mauser« auch »Pubertät« und lachen ulkig dabei.
Wacki weiß nicht, warum. Er wünscht sich nur im-

mer, wenn es so weit ist, er könnte zerplatzen wie ein bubble gum und den Lachern im Gesicht kleben bleiben.
Wacki besieht sich in Muttis Frisierspiegel. Ist das wirklich so schlimm mit seinem Fett? Und er schaut gleich wieder weg: ja, es ist.
Ein strohblondes Dickgesicht mit viel zuviel Fleisch ums Kinn und an den Backen. Wacki möchte nicht so aussehen wie er aussieht. Sondern –

*Seine Haut war wie von Bronze, und sein schwarzes Haar flatterte munter im Wind. Obzwar noch im Knabenalter, spielte um seine hageren Wangen und das scharfe, männliche Kinn ein Zug von Entschlossenheit, Ernst und Wagemut.*
*Den selbstgeschmiedeten Speer faßte der Knabe fester, das selbstgezähmte Pferd umschlang er kräftiger mit den Schenkeln, als König Kupferkopf sein Roß vor ihm anhielt und des Königs hellgrün leuchtender Blick sich in die Augen des Knaben senkte.*
*Lange schwieg der König versonnen. Dann sprach er: »Willst du mein Gefährte sein, Knabe?«*
*Des Knaben Blut kochte auf, und schier schwanden ihm die Sinne, stand er doch nun unversehens vor der Erfüllung seines heißesten Wunsches.*
*»Ja und tausendmal ja!« jauchzte es in ihm. »Ich will, mein König! Ich will dir folgen durch Nacht und Abenteuer und Verderben, wohin auch immer du mir voranreiten mögest!«*
*Der Knabe aber wußte auch, daß der König rührseligem Überschwange abhold war und sich nur Kampfgefährten von unverblendet nüchternem Sinn erwählte, die*

*sich einer knappen Rede befleißigten. Darum antwortete er schlicht:*
*»Es geschehe nach deinem Willen, mein König!«*

Wacki setzt sich rittlings auf den umgestülpten Wäschekorb. Das ist jetzt sein Pferd. Der Deckel des Wäschekorbes ist sein Schild. Als Speer muß Muttis große Massagebürste herhalten.

*Wohlgefällig ruhte das Auge des Königs auf seinem neuen Gefolgsmann.*
*»Du bist rank und schlank gewachsen wie eine junge Zeder«, sprach König Kupferkopf zu ihm. »Aber laß mich sehen, ob in deinem schmalen Körper auch Kraft wohnt. Gib mir eine Probe deiner Stärke!«*

»Nichts lieber als das, mein König!« japst Wacki aufgeregt. »Was soll ich machen?«

*»Siehst du die Eiche dort? Schleudere deinen Speer nach ihr!«*
*Der Knabe holte mit dem Speer aus, nahm einen Anlauf und schleuderte ihn von sich mit der äußersten Wucht, derer er fähig war.*

Die Bürste zerschlägt die Deckenlampe. Die Scherben rieseln herunter auf das Elternbett.

*»Gespalten bis zur Wurzel!« rief der König. »Fürwahr, deine Kräfte sind die eines jungen Löwen. Aber kommt auch deine Geschicklichkeit der eines Löwen gleich?«*

»Laß mich eine Probe geben!« jubelt Wacki.

*»So sei es, wenn du selbst es forderst«, sprach der König gemessen. »So nimm denn all deinen Mut zusammen und setze mit deinem Pferd über jene Schlucht!«*
*Einen Wimpernschlag lang nur sammelte der Knabe sich, dann trieb er seinem Tier die Fersen in die Seiten und übersprang mit ihm die grimme Schlucht wie im Fluge.*

Der Frisierspiegel splittert, als Wacki dagegenbumst.

*Des Königs hellgrüne Augen erstrahlten. »Komm an mein Herz! Du mein neuer Gefährte, der all meiner Achtung würdig ist!«*

»Waaaaackiiiii!«

*Der Knabe schmiegte sich an des Königs Brust, dessen Kupfer ihn wie ein Sonnenstrahl erwärmte. Sein schmaler Körper wollte schier eins werden mit der mächtigen Metallgestalt.*

»Waaaaackiii Fettaaaaackiiiii!«

*»Ich ahne«, sprach der König, »daß du an meiner Seite gar manche Heldentat vollbringen wirst.«*

»Wacki Fettacki Kupferkoppkacki!«
Wacki plumpst aus seinen Träumen. Drunten auf der Straße plärren ihm welche ein böses Ständchen.
»Wackiwacki zackizacki!«

Er schielt durch die Vorhänge hinaus. Unten stehen Hoss und noch ein paar. Bitschi ist auch dabei.
»Wackiwacki Hausarrestacki!«
*Das* wissen die nun auch schon wieder! Wacki wird es salzheiß in den Augen.
Hoss pfeift auf den Fingern. Er will, daß Wacki Fettacki sich als Opfer am Fenster zeigt. Als eine feine Dame dazukommt, nimmt er die Finger aus dem Mund. Mit dem unschuldigsten »Ich-bin-ein-wohlerzogener-Junge«-Gesicht von der Welt nimmt er eine von den bunten Fähnchen in Empfang, die die Dame an die Kinder verteilt.
Die Dame ist Bitschis Mutter.
Und Wacki weiß jetzt, warum sie da alle versammelt sind: Bitschi hat ja Geburtstag gehabt gestern! Und zur Feier ihre Freunde einladen dürfen.
Solche wie Hoss.
Das brennt in Wacki, das brennt.
So eine Geburtstagsfeier bei besseren Leuten muß was Feines sein. Da kommen Kinder mit so feinen Namen wie Oliver, Alissa, Markus, Donata. Kinder aus weit entfernten Straßen. Denn in Wackis Gegend wohnen nur Kinder mit so popligen Namen wie Peter, Sabine, Heinz. Oder Iannis, Ören, Angellina.
Die feinen Kinder bringen feine teure Geschenke mit und trinken fein artig Kakao ohne sich zu bekleckern, und dürfen feine artige Spielchen machen, die sich ihre Eltern wochenlang für sie ausgedacht haben, wie zum Beispiel Schnitzeljagd mit bunten Fähnchen.
Das heiße Salz rinnt jetzt über Wackis beide Backen.
Denen ihre Eltern sind ja so fein, daß sie nichts anderes zu tun haben, als sich tagaus tagein für ihre Kinder feine

Sachen auszudenken. Feine Scheißbande. Das Salz rinnt in Wackis Mund.
Die Kinder rennen mit ihren Fähnchen auseinander, jedes in eine andere Richtung. Nur Hoss trödelt allein hinterher. Vor der Bäckerei Datzig bleibt er stehen. Er hat da was gefunden. Und ist mächtig stolz auf seinen Fund. So stolz, daß er ihn gleich auf den Kopf setzen muß und damit unter Wackis Fenster einen Freudentanz vollführt. Die Ente grinst Wacki schamloser an als zuvor: ätsch, da bin ich wieder!
In Wacki steigt ein stieriger Zorn hoch. Er möchte etwas kreuz und quer kaputtschlagen – aber was? Da sieht er die Quarkbrote, die Mutti ihm hingestellt hat. Die kommen ihm nun gerade recht.
Er schleudert sie gegen die Wand, aber die dämlichen Dinger flappen nur trocken zu Boden, ohne die geringste Sauerei anzurichten.
Sein Zorn wird noch stieriger.
Er hebt die Brote auf und schmiert sie mit der Quarkseite an der Tapete entlang wie widerspenstige Radiergummis. Und preßt sie so grimmig gegen die Wand dabei, daß er im Handumdrehen nur noch Brösel in den Fingern hat.
Futter für seinen Zorn. Tut das gut!
Schnaufend hockt er auf dem Teppich. Als hätte er statt der Brote Hoss selbst zerrubbelt, hält selige Zufriedenheit Einzug in seinen Bauch.
Etwas tiefer aber meldet sich urplötzlich etwas ganz anderes. Er muß pinkeln, und zwar dringend!
Er hüpft auf und nieder. Bloß möglichst viel sich bewegen, dann läßts vielleicht nach ... eins zwei drei und einszweidrei und ... Quer übers Elternbett tanzt er einen

Veitstanz nach dem anderen.
Aber seine Blase läßt sich davon nicht beeinträchtigen. Sie schlägt Alarm, immer dringlicher.
Vielleicht haben die Eltern etwas wie eine Flasche oder eine Vase, irgendwo? Er reißt alle Türen und Schubladen auf und wühlt. Aber da ist nichts. Alaaaaarm! meldet die Blase.
Wenns doch wenigstens draußen schon dunkel wäre! Dann könnte er sein Geschäft bequem durchs Fenster erledigen. Aber draußen ist heller Nachmittag ...
Allerhöchste Alarmstufe! meldet die Blase.
Er greift sich Muttis Lippenstift und schmiert damit das Signal Nummer 10 aus König Kupferkopfs geheimer Zeichenreihe auf die Tapete: »Komm sofort, o König, oder du kommst zu spät!« Dabei tanzt er einen wilden Tanz, und die Buchstaben werden so hoch wie die halbe Wand, und schon bei »kommst« ist der Lippenstift alle.
Schleusentor auf! meldet die Blase.
Den linken Fensterflügel kann er gerade noch öffnen. Da pullert es auch schon. Soll doch passieren, was will!
Von tief unten, vom Bürgersteig kommt ein spitzes Echo.
Hinter der Schlafzimmertür sind die Eltern zu hören. Vatis Stimme ist schon etwas lallig von den vielen Siegesbieren im »Feuchten Eck«: »Jetzt hol unsern Häftling raus. Hat lang genug im Knast gesessen.«
Wacki fährts wie ein Blitz ins Genick. Aber seine Blase macht sich nicht das geringste daraus. Es pullert und sprudelt munter weiter.
Der Schlüssel dreht sich im Türschloß. Einmal, zweimal.

Es pullert.
Mutti steht auf der Schwelle. Hat sogar ein Versöhnungslächeln im Gesicht. »Es soll jetzt gut sein zwischen uns. Wir haben ...«
Sie bricht ab. Sie sieht das zertrampelte Bett. Die Frisierkommode, die am Kleiderschrank steht. Den zerschlagenen Spiegel. Die zersplitterte Lampe. Die herausgerissenen Schubladen. Die mit Quark und Lippenstift beschmierten Wände.
Und ihren Sohn am Fenster.
Auf die Straße pissend.
»Williiiiiiiii!« kreischt Mutter und schlägt die Tür zu.
Es pullert nicht mehr. Wacki schüttelt sich die letzten Tropfen ab und knöpft sich glücklich den Hosenladen zu.
»Williiiiiiiii! Es ist ja so gräßlich.«

## 6

Am nächsten Morgen geht Willi aus dem Haus, ohne daß der Blitz eingeschlagen hat.
Was hab ich nur für Eltern, denkt Wacki, während er sich beim Frühstück langsam die Brote reinschiebt. Nerven die mich da mit ihrem »So-tun-als-ob-nichts-gewesen-wäre«.
»So-tun-als-ob-nichts-gewesen-wäre«, ist ein ganz gemeines Spiel. Man weiß doch genau, daß was im Busch ist. Aber man weiß nicht was. Und grade das zermürbt einen.
Wacki nödelt herum, spielt mit dem Frühstücksgeschirr und tscheckt die Lage. Aber es kommt nichts heraus da-

bei. Mutti sitzt seit dem frühen Morgen an der Nähmaschine und läßt sich nichts anmerken.
Die Schule hat unterdessen seit gut zwanzig Minuten begonnen. Wacki hält es für günstig, trotzdem so zu tun als ob. Er lädt sich also den Ranzen auf den Rücken und will sich unauffällig davonmachen.
Da ruft Mutti: »Wacki, komm mal her!«
Also doch. Wacki überlegt einen Augenblick, ob er nicht einfach rausflutschen soll, als hätte er nichts gehört. Aber was solls – irgendwann kriegt Mutti ihn ja doch beim Wickel. Also geht er hin.
»Wenn ich heut abend in unser Schlafzimmer komme, will ich alles pico bello vorfinden. Ist das klar?«
Mutti ist fürchterlich sachlich. Regt sich kein bißchen auf. Schiebt den grünen Heldenmantelstoff gleichmütig durch die Maschine und verkündet nebenbei das Urteil so unbeteiligt, als ob sie sagen würde: »Und ein Pfund Margarine bringst du dann auch noch mit.«
Wacki findet das Urteil recht milde. Zu milde. Bestimmt kommt noch was ganz Dickes hinterher, was sie heute morgen ausgekocht haben, als er noch schlief. Er wartet.
»Schieb ab.«
???
»Ab in die Schule.« Mutti sieht nicht auf, näht weiter, als hätte sie ihn vergessen.
Also doch kein dickes Ende? Er muß nicht eine Woche lang das Baby wickeln oder bis Weihnachten den Abwasch machen?
Als er die Treppe hinunterrennt, pfeift er. Daß er sich jetzt endgültig nicht mehr zur Schule bemüht, versteht sich von selbst. Er, der vom Schicksal derart gebügelt

wurde – erst in Längsfalten, dann in Querfalten, dann wieder glatt – der hat nicht mehr genug Nervendampf drauf, um nun auch noch die Penne durchzustehen. Sondern der braucht dringend Erholung.
Also genehmigt Wacki sich Urlaub.
Abenteuer-Urlaub. Und wo in der Stadt gibt es noch Abenteuer? Unten am Kanal. Der zwängt sich zwischen Fabriken und Schrebergärten und Ödland durch, und das ist schon fast so gut wie durch Wildnis. Aus seinem trüben, trägen Wasser kann man allerhand Aufregendes angeln: Blechkanister und leere Kaninchenställe und vergammelte Anziehsachen und noch vergammeltere, aber geheimnisvolle Gegenstände, über deren Zweck man erst lange nachgrübeln muß. Und dann hat der Kanal, fällt Wacki ein, als er schon dort ist, noch einen schönen Zug: er ist sehr weit weg von der Schule.
Wacki beginnt dort zu forschen, wo der Kanal an der Ziegelei vorbeifließt. Drei Cola-Dosen dümpeln da im Wasser, nichts sonst. Bei der Heizöl-Handlung siehts schon besser aus. Eine Fahrradfelge und eine leere Schublade. Neben Schreibers Holzlager ein Blumenkasten aus Plastik. Und dort, wo die Schrebergärten beginnen, hängt eine Zimmertür im Gestrüpp der Böschung.
Das gibt ein Floß!
Man muß sie nur erst von dem Türstock befreien, in dem sie verkantet ist. Wacki versucht, sie aus den verrosteten Angeln zu heben. Aber er kriegt die Tür nicht frei. Er schlenzt sich den Schulranzen vom Rücken und läßt ihn ins Gras fallen. Mit einem verrotteten Zaunpfahl bearbeitet er die Tür. Sein Eifer ist so groß, als sollte er das Taschengeld für ein ganzes Jahr im voraus dafür bekommen.

Knarzend gibt der Rahmen die Tür frei. Wacki zieht sie die Böschung hinunter und schiebt sie ins Wasser. Das soll der Stapellauf für die Tür sein. Wenn die Tür jetzt gemein ist, spielt sie nicht mit und geht unter.
Aber sie geht nicht unter. Sie spielt mit und schwimmt, so schwer sie auch ist. Vorsichtig kriecht Wacki an Bord. Ob sie ihn wohl trägt?
Sie wippt ein bißchen auf und ab, läßt ein paar kleine Wellchen über sich und Wackis Knie rollen, aber – sie trägt ihn. Wacki schöpft Mut und steht auf. Mit dem Blumenkasten aus Plastik stößt er sich vom Ufer ab. Er ist nun Kapitän. Und Steuermann.
Auf einer Schiffstür. Auf einem Türschiff. Ahoi!

*Das große rote Segel rauschte herab. Der züngelnde Drache, der das Segeltuch schmückte, blähte sich auf zum riesigen Ungetüm, als der Wind es ergriff und das Schiff flugs durch die Wogen jagte. Der schwarzlockige Knabe, König Kupferkopfs Kampfgefährte, stand am Steuerruder und lenkte es sicher und mit kraftvollem Arm.*
*Einsam segelte er dahin durch Gischt und Sturm. War er doch heimatlos, war es doch sein Schicksal, auf ruheloser Fahrt zu sein, den tobenden Elementen preisgegeben und ferne den wärmenden Herdfeuern der Glücklichen zu weilen – kein anderes Dach über sich als den Himmel, dessen Sterne kalt und fremd auf ihn herabblickten.*

Boingkrrrrrrrr! Wacki torkelte und kippt fast ins Wasser. Das Türschiff ist mit einem Nachtkästchen zusammengestoßen, das kanalabwärts wollte. Aber da wird nun nichts mehr draus, denn Wacki nimmt es an Bord. Wacki hat da einen Plan –

*Auf seinem Schiffe führte er Bauholz mit sich, mächtige Bohlen und Balken. Eine Heimstatt und Burg wollte er sich errichten, hoch oben auf steil ragender Felsenklippe. Spähend glitt sein Blick über die felsigen Küsten, die an ihm vorüberglitten, auf steter Suche nach einem Kliff, das –*

Wacki fischt einen Bierkasten aus Plastik auf.

*– würdig sei, seine Burg zu tragen. Sollte sie doch aus gebieterischer Höhe herab –*

Und einen Mülltonnendeckel.

*– die Gewässer beherrschen, den Guten eine Zuflucht und den Bösen ein Schrecken. Als hätten die Mächte der Finsternis seine –*

Wacki zieht zwei Tomatenkisten, einen durchgesessenen Stuhl und einen Korb-Boden aufs Türschiff.

*– Pläne vorausgeahnt, trachteten sie auch schon, sie zu durchkreuzen. Kaum hatte er nämlich ein hohes Ufer angesteuert, um es näher zu erkunden, da sandten sie ein Ungetüm aus, das nach seinem Blut lechzte. Seine gräßlichen Hauer bleckend, stürzte es auf den Knaben zu und schickte sich an, ihn zu zerfleischen. Der aber schwang furchtlos sein Schwert und hieb auf die Bestie ein.*

Wacki donnert dem Hund den Blumenkasten über die Schnauze. Gottsjämmerlich quietschend rennt der in den Schrebergarten zurück. In dem nun noch jemand quietscht. Unsichtbar hinterm Zaun, aber zweifellos ein Mensch.

»O Gott, wer hat unsern Bürschi so zugerichtet! Schau dir das an Benno, schau dir das an!«
Über dem Schrebergartenzaun tauchen zwei auf. Ein Mann und eine Frau. Sie gucken auf Wacki herunter, als ob sie ihn nicht nur beißen, sondern auch gleich verspeisen wollten.

*Seines Sieges froh, stand der Knabe am Ufer. Die Waffe, mit der er das Ungetüm in die Flucht geschlagen hatte, schwang er wohlgemut in der Rechten.*

»Schau dir das an, Benno! Mit dem Blumenkasten hat er unsern Bürschi mißhandelt! Totschlagen hätt er ihn können damit!«
Und der Mann brüllt: »Den kauf ich mir, den Tierquäler!« Er verschwindet vom Zaun und kommt durchs Gartentürchen gerannt.
Jetzt aber nichts wie weg!
Wacki paddelt mit aller Kraft und mit dem Blumenkasten. Aber es will und will nicht vorangehen. Wacki wirft von Bord, was er vorhin aufgesammelt hat: den durchgesessenen Stuhl, die Tomatenkisten, den Bierkasten, das Nachtschränkchen.
Aber das Türschiff wird nicht schneller dadurch. Der Brüllemann kommt immer dichter heran. Jetzt versucht er sogar, durch das Wasser zu waten:

»Sofort hierher, du Tierquäler! Sofort, oder ich ruf die Polizei!«
Vom Zaun aus kreischt seine Frau: »Die rufen wir sowieso!«
Nun wirds aber haarig. Wacki rackert mit allem, was er noch in den Sehnen hat. Und schickt ein Stoßgebet dabei los, das Signal Nummer sieben:
»Bewahre mich, o König, vor dem Zugriff derer, die mich vernichten wollen!«
Die Strömung wird eiliger, und das Türschiff macht Fahrt. Der Brüllemann muß am Kanal lang rennen, um seine Drohungen loszuwerden.
»Mach Tempo, Benno!« ruft die Frau. »Der haut ab!«
Der Brüllemann spurtet. »Wirst du wohl herkommen, du Strolch!« Da stolpert er und schlägt der Länge nach hin.
Als er sich wieder aufrappelt, hat sich Wacki schon unerreichbar weit von ihm weggepaddelt. Schwitzend legt er eine kleine Rast ein. Aber das Türschiff jagt trotzdem immer eiliger mit ihm fort. Wie kommt das nur?
Wacki dreht sich um und sieht, wie das kommt.
Das Wasser des Kanals strudelt in einen Tunnel. Unaufhaltsam treibt das Türschiff darauf zu. Mit dem Blumenkasten rudert Wacki gegen die Strömung an. Aber die ist stärker. Und die Tunnelöffnung verschluckt Wakki und das Türschiff.
Es wird schwarz um Wacki. Der Tunnel-Eingang leuchtet als heller Punkt in der Ferne, der sich schnell zusammenzieht und endlich ganz verschwindet. Wenn da jetzt irgendwo ein Mauervorsprung hereinragt und Wacki köpft –? Oder, wenn ihm das Türschiff durch eine heim-

tückische Öffnung entschlüpft, die grade groß genug ist fürs Türschiff, aber nicht für Wacki, und er dann im schwarzen Wasser ersaufen muß? Oder, wenn er einem unterirdischen Wasserfall entgegentreibt – seinem Grab, in dem seine Leiche niemals gefunden wird –?
Wacki kauert sich zusammen und drückt den Kopf aufs Holz der Tür.

*Von den Felswänden hallte das Brausen des unterirdischen Stromes wider. Hoch oben, aus Höhlen, bleckten Drachen hervor. Scharen fliegender Echsen umflatterten den Knaben und spieen schweflige Feuergarben. In ihrem Schein erkannte der Knabe noch weitaus grauenerregenderes Getier, das aus der Tiefe seine Fangarme nach ihm züngeln ließ.*
*Namenloses Entsetzen durchschauerte ihn.*
*Schon tasteten die Krakenbeine der Scheusale nach seinen Waden, da erstrahlte über den Wassern ein Licht. War es eine Fackel, war es ein Signalfeuer?*
*Ehe er sich's versah, war der Knabe von Helligkeit umflossen. Von keiner künstlichen Flamme aber wurde sie verströmt, sondern vom Borne jener Leuchte, die den Weltkreis erwärmt: der Sonne! Der Knabe war dem Oberirdischen zurückgegeben.*

Boingkrrrrrrr. Das Türschiff wummert gegen etwas Gemauertes, das es aufhält. Wacki kuckt durch die Finger: er ist im Freien. Er nimmt die Hände vom Gesicht und schaut sich um.
Hier muß er schon mal gewesen sein ... die Gegend kommt ihm bekannt vor.
Und ob er hier schon mal war! Durch die Allee da drü-

ben geht er ja sonst jeden Tag. Sie führt an der St. Klara-Kirche vorbei und mündet auf einen Platz mit Anlagen. Und auf der anderen Seite vom Platz –

Wacki braucht gar nicht erst hinzukucken. Er weiß nur zu gut, was da steht.

Die Schule.

Er ist also mitten im Zierteich am Rathenau-Platz gelandet. In den Hoss so gerne diejenigen reinschmeißt, die er bei seinen Keilereien besiegt hat.

Wacki kommt sich vor wie ein Karnickel auf dem Mond. Aus den Fenstern seines Klassenzimmers können sie haargenau auf den Teich sehen. Wenn sie jetzt nicht grade zufällig ein Diktat schreiben und ihre Nasen in die Hefte stecken, dann ist er dran. Er versucht, sich hinter die Umfassungsmauer des Teiches zu ducken.

Aber die ist so niedrig, daß sie ihn nicht mal bis über die Ohren verdeckt, auch wenn er sich wie ein Maulwurf zusammenkauert. Sein Rücken und Hintern ragen weit darüber hinaus. Wie soll er nur ungesehen aus dem verdammten Teich herauskommen?

Er kramt das Signal Nummer 12 aus seinem Gedächtnis hervor: »Gieße mir Weisheit in den Geist, o König, denn ich muß listenreiche Pläne schmieden!« Sein Hintern brennt. Die halbe Schule, bildet er sich ein, starrt darauf.

Die Weisheit in seinem Geist fängt an zu zünden: er hat doch sein Türschiff! Das ist groß genug, um sich dahinter zu verstecken.

Er springt aus dem Teich und zerrt die Tür hinter sich her. Verdammt, ist das Biest schwer! Fluchend und stöhnend stemmt er sie hoch, so daß sie nun aufrecht auf dem Pflaster steht. Sie schwankt ungut hin und her,

und er kann sie nur mit vorletzter Kraft am Umkippen hindern. Dabei hat er das Schwierigste erst noch vor sich ...
»Mich laust der Affe«, brummelt der Rentner vor sich hin, der auf dem Parkplatz neben der Schule die Autos bewacht. Wandert da doch tatsächlich eine Tür an ihm vorbei!
Der Rentner stapft um die Tür herum. Er sieht einen Jungen von etwa zehn Jahren, der mühsam ruckel-zukkel die viel zu gewichtige Tür auf die Autos zuschiebt.

*Er hatte sich die Tarnkappe übergestreift und schritt in ihrem Schutze auf die Reihen der Ritter zu, deren blanke Rüstungen im Sonnenlicht funkelten. Kein Auffliegen des Staubes, den sein Fuß trat, kein Schatten seiner Gestalt verriet einem der ahnungslos Vorübergehenden, daß der Knabe mitten unter ihnen wandelte.*

»Sehen Sie sich so was an!« sagt der Rentner zu einem Lehrer, der eben auf den Parkplatz kommt. »Was der Bengel da für'n Versteckspiel treibt. Da ist doch bestimmt was faul.«
»Warum muß denn da gleich was faul dran sein«, entgegnet der Lehrer. Es ist einer von den jungen. Einer von denen mit fast noch langen Haaren. Aber eben nur fast. »Vielleicht arbeitet er ja auch.«
Der Parkwächter läßt nicht locker. »Dann heiß ich aber Meier, wenn der arbeitet! Der ist doch für'n Lehrling noch viel zu jung. Wenn Sie mich fragen: der schwänzt die Schule oder so was.«
Der junge Lehrer faßt den Türschieber genauer ins Auge. Und erkennt ihn: Wacki Schmerling ist das. Fehlte

heute unentschuldigt beim Unterricht. Aber das sagt er nicht laut. Sondern belfert den Parkwächter an: »Aus meiner Klasse ist er jedenfalls nicht.« Und läßt seinen Wagen an.
Wacki ist mit seiner Tür schon ganz dicht vor der ersten Wagenreihe, als eines der Autos ausschert und davonbrummt. Mensch, das war doch der Pakusius!
Pakusius ist Wackis Klassenlehrer.
Wenn der ihn gesehen hätte! Aber Wacki weiß, daß er sich da ganz sicher fühlen kann. Denn:

*Die Tarnkappe des Königs war undurchdringlich. Unter ihr gingen seine Getreuen so wohlbehalten einher wie in den samtenen Falten der tiefsten mütterlichen Nacht.*

## 7

Putzmunter schlägt Wacki die Wohnungstür zu.
War das ein dufter Vormittag! Action. Spannung. Abenteuer. Man sollte öfter die Schule schwänzen.
Lammfromm macht er sich daran, das Elternschlafzimmer aufzuräumen. Er hat so gute Laune dabei, daß er sich richtig stolz zu sein getraut. Stolz auf die Zerstörungen, die er gestern hier angerichtet hat. Die soll ihm erst mal einer nachmachen! Hoss würde sich bestimmt nicht trauen, im Schlafzimmer seiner Eltern die Lampe herunterzuschlagen. Oder die Tapete mit Quarkbroten und Muttis Lippenstift zu verzieren. Hoss hat immer nur Mut, wenn möglichst viele Mitschüler um ihn herumstehen und ihn anfeuern. Und wenn möglichst viele Weiber

ihn bewundern. Aber einsames Heldentum, wie Wacki es gezeigt hat, hier im Elternschlafzimmer – das bringt der nie!

Als er fertig ist, geht er zu Mutti ins Wohnzimmer. Die ist gerade dabei, Heldenmäntel in die Kartons zu sortieren, die auf dem Fußboden stehen.

»26,27,28,29,30«, zählt sie.

»Mutti, ich bin dann soweit.«

Sie achtet nicht auf ihn. »31,32,33,34.«

»Es ist wieder alles okay.« Er schielt zu den Kupferkopfkönigen hinauf, die da zu viert auf der Anrichte stehen. Es kommt ihm vor, als ob sie ihm lobend zuzwinkern.

Mutti schließt einen Karton, öffnet den nächsten und stapelt auch da wieder Heldenmäntel hinein. »1,2,3,4, 5,6,7,8,9,10.«

»Kann ich jetzt ... kann ich jetzt nach unten?« Wacki denkt an den Kanal. Die Tür. Die Burg, die er bauen will.

»11,12,13,14,15. Was habt ihr denn auf für morgen?«

»Mutti, ich hab gesagt, daß wieder alles okay im Schlafzimmer ist.«

»Und ich hab gesagt: was habt ihr auf für morgen?«

Wacki schluckt. Ja, was? Er knetet seine Gehirnzellen durch, aber es fällt ihm nichts ein, was als schnelle Lüge Dienst tun könnte. Also schweigt er. Und linst zu den vier Königen Kupferkopf hinauf, ob die ihm vielleicht eine Ausrede zuplinkern.

»24,25,26,27.« Aber sie plinkern nicht.

»28,29,30. Bring deinen Ranzen her. Ich will dein Aufgabenheft sehen.«

Volltreffer! Der Ranzen – ja, wo ist der Ranzen? Der ist weg, das ist sicher. Aber wo ist er geblieben? Als Wacki am Kanal entlang stromerte, hatte er ihn noch. Er schielt zu den vier Kupferkopfkönigen hinauf, ob die ihm nicht vielleicht sagen können, wo er geblieben ist. Aber die starren nur majestätisch vor sich hin.

»36,37,38,39,40. Wirds bald?«

Wenn er doch nur sagen könnte: die Schule ist leider abgebrannt, und die Feuerwehr konnte alles retten – bis auf meinen Ranzen. Weil er aber nichts dergleichen sagen kann, malt er sich verstohlen das Signal Nummer 12 mit dem rechten Zeigefinger in die linke Handfläche.

Da fällt ihm auch schon was ein. Etwas ganz Dünnes, aber immerhin. »Ich hab den Ranzen in der Schule vergessen.«

Mutti füllt einen neuen Karton. »1,2,3,4,5.« Ihre Sachlichkeit ist grauenhaft. Grauenhafter, als wenn sie schreien würde oder zuschlagen. »Ach. Vergessen.«

»Ja, vergessen. In echt.«

»6,7,8,9,10. Einmal vergißt du noch, daß du überhaupt in die Schule mußt. 11,12,13, 14,15.«

Wacki steht dumpf da und wartet.

»Heute hast du es jedenfalls vergessen. 16,17,18,19,20. Ich habs gleich gerochen.«

Schon wieder Volltreffer!

»Aber ich war in der Schule. Ganz wirklich in echt.«

»21,22,23,24,25. Von mir kriegst du keinen Entschuldigungszettel, damit das klar ist. 26,27,28,29,30.«

Pech auf der ganzen Linie. Mit eingezogenem Kopf will Wacki sich verdrücken.

»Ich hab nicht gesagt, daß du schon gehen kannst!«

Na, was denn nun noch?

»31,32,33,34,35. Was ich dir schon heut früh hab sagen wollen. 36,37,38,39,40.«
Uff, jetzt kommt der dicke Hammer. Wacki hat doch schon heute morgen was geahnt.
Mutti schließt in aller Ruhe den Karton, öffnet einen neuen und zählt wieder. »1,2,3,4,5. Dein Vater und ich ...«
Achduheiliger Bimbam! Diese feierliche Einleitung kennt Wacki zur Genüge. Mit der ging es noch immer los, wenn Mutti ihm was ganz Schlimmes zu verkünden hatte.
»Dein Vater und ich – also wir sind der Meinung, daß deine Schundhefte keinen günstigen Einfluß ausüben auf dich.« Sie hört sogar auf zu zählen und schaut ihn an. So verbiestert streng, daß Wacki lieber das Gesicht wegdreht.
Aber schon sortiert sie wieder. »6,7,8,9,10. Du lieferst jetzt alle König Eisenbarthefte bei mir ab. Oder wie die heißen. Verstanden?!«
Krachbumm. Schlimmer konnte es nicht kommen.
Das Liebste, das er überhaupt hat, soll er rausrücken! *Tausendmal gäbe ich meine Seele hin und meinen sterblichen Leib, statt dies dir zu überantworten, das an mein eigen Herz gewachsen ist mit allen Adern.* Von selbstverdientem Geld bezahlt, jedes Heft! Vom Geld, das er dafür bekommt, daß er donnerstags die Reklamezettel für den SB-Markt austrägt, treppauf und treppab, und noch nie hat er dabei einen einzigen fortgeworfen!
»Kann ich nicht was andres abgeben, Mutti?«
»11,12,13,14,15,16.«
»Ich fahre dafür auch das Baby aus. Freiwillig.«
»17,18,19,20. Das machst du hinterher sowieso.

21,22,23,25. Und jetzt her mit den Schundheften.« Peng. Da ist nichts mehr zu wollen. Wacki schiebt sich sehr, sehr langsam in die Küche. Er hat keine Notbremsen mehr. Alle Signale sind aufgebraucht. Jetzt kann er nur noch auf Zeit spielen.
Kommt Zeit, kommt –
Von wegen Rat! Nichts kommt. Eine Viertelstunde schon steht Wacki in der Küche und durchwühlt sein Gehirn. Schön, er könnte seine Hefte todsicher verstekken und behaupten, die hätte ihm irgendwer geklaut in der Schule. Wahrscheinlich der Hoss.
Aber die Eltern würden ihm das nicht glauben. Weil sie genau wissen, daß er aus lauter Angst vor einem Klauer nie mehr als ein Heft mit in die Schule nimmt.
Oder er könnte zwei herausgeben. Höchstens drei. Und behaupten, mehr hätte er nicht. Auch da führt kein Weg hin. Denn die Eltern kennen ja die Stöße, die sich auf und unter dem Küchenbüfett auftürmen.
Dann gibts eben nur noch eine Lösung: Wacki klemmt sich so viele unter die Arme, wie er nur tragen kann und macht sich klammheimlich aus dem Staub. Auf Niewiedersehen, und hinunter zum Kanal –
Mutti kommt in die Wohnküche. Als hätte sie schon wieder mal gerochen, was Wacki sich da ausmalt. Aber sie kommt nicht seinetwegen. Sie schiebt ihn beiseite und holt das Baby aus dem Wagen. Denn es ist Zeit, es zu wickeln und ihm die Flasche zu geben.
Das geht nicht ab ohne Geschmuse und Geschnuckle und Tritschitratschitrutschi, und »Du mein goldiges Muckele du«.
Auch wenn das Baby die Windeln noch so vollgekackt hat.

Wacki möchte da immer losheulen vor Eifersucht und Wut. Das Baby aber, das all die zärtlichen Ansprachen zu hören kriegt, freut sich gar nicht darüber, sondern stiert dumm geradeaus wie ein Frosch.
Mutti legt es auf den Küchentisch und pellt es aus seinen Windeln. »Du mein goldiges Muckele du!«
Na bitte. Und was macht das Baby? Den Froschblick.
Wacki steht in der Ecke und schaut zu. Wenn das Baby gewickelt wird, muß er sonst immer den Tisch räumen. Auch wenn er grade mitten in seinen Schularbeiten ist. Das Baby hat immerzu Vorfahrt.
»Steh da nicht so bockbeinig rum«, sagt Mutti und zieht dem Baby einen frischen Hosensack über den Hintern. Zum Vollkacken. »Schaff die Windeln weg.«
Wacki zählt erst bis sieben. Dann nimmt er die Windeln mit sehr spitzen Fingern und wirft sie in den Müll.
»Beweg dich. Mach die Milch warm. Aber nicht heiß. Und paß auf, daß sie nicht anbrennt.«
Was denn nicht noch alles! Er ist doch ein Junge, und keine Säuglingsschwester. *Sein Streben ging auf Waffenruhm und Fahrt ins nie gesehene Land, derweil sie ihn wie einen Sklaven hielten und schandbar niedere Fronarbeit verrichten ließen.*
»Wie lange willst du denn noch in der Milch rumrühren? Die ist doch ewig schon warm.«
Er muß die Milch in die Flasche füllen – vorsichtig, so daß nichts überschwappt –, und den Schnuller drauf stöpseln. Er kennt das alles ja schon zur Genüge. Mutti hat ihn darauf trainiert. Er reicht ihr die Flasche.
»Könnte wärmer sein. Kalte Milch schadet der Verdauung.«
Wenns dir nicht paßt, dann machs doch gefälligst sel-

ber! Stumm schaut er zu, wie das Baby die Flasche reingesteckt kriegt. Natürlich will das Gör schon wieder mal nicht nuckeln. Es muß erst drum gebeten und angefleht werden, mit Geschmuse, Geschnuckle und Tritschitratschitrutschi, und »Du mein goldiges Muckele du«.
Für das Baby die Schmuse, für Wacki die Schimpfe.
»Du fährst jetzt eine Stunde aus mit ihr, sie war heut noch nicht an der Luft.«
Wenn Wacki nun das Ausfahren dazu benützt, seine KÖNIG-KUPFERKOPF-Hefte hinauszuschmuggeln? Er könnte auch etwas zu essen mit dazupacken, und einen warmen Pullover für die Nacht ... und dann die verdammte Baby-Kutsche an der nächsten Straßenecke stehen lassen und –
Verduften. Hinunter zum Kanal.
»Halt mal Marita!« Mutti lädt ihm das Baby auf den Arm und macht sich am Kinderwagen zu schaffen. »Mein Gott, so faßt man doch kein Baby an! Nun ist der Lackel schon bald elf und hat immer noch nicht kapiert, daß man ein Kleinkind stützen muß, im Genick. Das arme Wurm kugelt sich ja den Kopf aus!«
Soll es sich doch sonstwas auskugeln.
»Komm her, mein süßes Wutzele du, was macht er denn mit dir, hm? der Garst der, hm?«
Und mit neuem Geschmuse und Gesuckle und Tritschitratschitrutschi wird das Baby in den Wagen gelegt. Wacki hält sich die Ohren zu, damit er nicht mit anhören muß, wie Mutti mit dem Gör turtelt.
»Laß die Faxen gefälligst!« Mutti zerrt ihm die Hände von den Ohren. »Und jetzt werden endlich die Schundhefte rausgerückt, kapiert? Letzte Aufforderung, oder es knallt.«

Mutti stemmt die Arme in die Hüften. Wie immer, wenn es gleich knallt. Er hat nicht mehr die müdeste Chance. *Besiegt und unterworfen; des Feindes Hufe treten mich in Staub und Schande.*

Im Zeitlupentempo fingert er an den Heften herum. Was ist er doch für ein Rindvieh! Vorhin, als Mutti noch im Wohnzimmer werkelte, hätte er mühelos ein paar verstecken können. Aber jetzt –

Mit Geierblick schaut Mutti zu. Wie Inspektor Quibb im Fernsehen. Nicht einmal unters Hemd schieben kann er sich ein Heft. Mutti stößt die offene Hand vor:

»Her damit.«

Langsam legt Wacki ein Heft in diese Hand.

Heft 14. DER FLUCH DES LETZTEN XYNUL. Wer die Veilchen auf der Heide von Barlasray pflückt, der wird auf der Stelle zu Stein. Das ist der Fluch des letzten Xynul. Auch bei Schäfern und Schafen macht der Xynul keine Ausnahme. Auch bei unschuldigen Kindern nicht, die für ihre Eltern auf der Heide Sträußchen pflücken. Versteinert werden sie samt und sonders, gnadenlos. Wenn doch nur Mutti auch auf der Heide von Barlasray Veilchen pflücken würde!

Dann könnte sie jetzt nicht so kaltschnäuzig sagen: »Die andern auch. Mach schon!«

Wacki liefert Heft 9 und Heft 17 aus. RACHE FÜR LOONA und DIE ZWERGE, DIE IHRE FEINDE KOCHEN.

Mutti stampft mit dem Fuß auf. »Glaubst du, ich hab nichts andres zu tun als warten bis der Herr Sohn so gnädig ist und sich alle zwei Stunden mal von einem Schundheft trennt?!«

Batsch! Mit RACHE FÜR LOONA, dem FLUCH DES

LETZTEN XYNUL und den ZWERGEN, DIE IHRE FEINDE KOCHEN zieht ihm Mutti eins über.
Wacki liefert nun einen ganzen Stoß auf einmal aus. Er schaut nicht auf die Titelseiten. Er will nicht wissen, was er sich da vom Herzen reißt.
Mutti zählt ungerührt. »Zwölf bis jetzt. Aber du hast doch mindestens fünfzig davon.«
»Ich hab keine mehr.«
Mutti wirds zu bunt. Sie sucht nun selbst. Und findet.
»Was ist dann das?« Hinter dem Küchenbüfett zieht sie DAS BRENNENDE HERZ, FLUGDRACHEN GREIFEN AN und DER OBERPRIESTER DER WERWÖLFE hervor. Aus den Polstern des Sofas, auf dem Wacki schläft, DIE GESPENSTERMÜHLE, DAS BLUTIGE RIFF und DIE UNTOTEN VON SARDOM. Aus der Schublade des Küchentisches DAS ZAUBERSCHILD und DAS FEST DER TANZENDEN KNOCHEN.
»Wie das Zeug schon heißt! ›Fest der tanzenden Knochen‹! Ein normales Kind liest sowas nicht. In deinem Alter hab ich Tiergeschichten gelesen, das war gesünder für meine Entwicklung.«
Sie kramt unter dem Sofa. Zum Vorschein kommt Heft 33. STRAHLEND WIE DER DIAMANT DES TODES. Wacki hat so oft darin gelesen, daß die Seiten schon herausfallen …

*Die grünen Blitze, die aus den Augen des Königs strömten, wuchsen zusammen zu einem Lichtbündel von blendender Helle. Näher und näher auf den Diamanten des Todes zu tänzelte die Strahlengarbe und erfaßte endlich, mit einem Zischen wie von kochendem Erz, das Innerste des todbringenden Kristalls. Wie Wachs schmolz er hin, und schmutzfarbene Rinnsale waren alles, was er hinterließ. Der König lächelte in allen Farben des Regenbogens.*

Manche Seiten in STRAHLEND WIE DER DIAMANT DES TODES waren so gruhlich, daß Wacki sie sich nur bei hellichtem Tage und am offenen Fenster zu lesen getraute. Und das zwischen Seite 47 und Seite 52, wo das mit den dressierten Fledermäusen vorkommt und wie sie Gift-Ampullen in den hohlen Zähnen haben, und wie der Verräter Oafar sie in den Vorhängen vom Schlafgemach versteckt, und wie dann die Prinzen nichtsahnend einschlafen und wie die Fledermäuse ihnen in die Nasen beißen.–

Brrrr, Wacki schüttelts, wenn er daran nur denkt. Das hat er sich nur zu lesen getraut, wenn um ihn herum viele, viele Leute waren. Wie zum Beispiel im Unterricht. Aber wenn er dann aufgerufen wurde, und er hatte grade kein Einmerkzeichen zur Hand: da hatte er dermaßen Schiß, daß er nicht mal den Finger zwischen die Seiten gesteckt hat. Aus Angst, die Fledermäuse könnten zubeißen.

»Das ist ja wohl das letzte, daß ich das Zeugs noch alles selber rauskramen muß, und der Herr Sohn steht dabei mit den Händen in den Taschen und grinst sich eins!«

Dabei ist Wacki gar nicht zum Grinsen. Ganz im Gegenteil. Wenn Mutti seine Heiligtümer mit so verächtlich spitzen Fingern anfaßt, wie er selber vorhin die Baby-Windeln, dann könnte er glatt losheulen.

»Neunzig Pfennig, für so ein Schundheft! Wenn man bedenkt, was du da für ein Heidengeld zum Fenster rausgeschmissen hast! Und ich sitz Tag für Tag an der Ma-

schine und racker mich ab, damit ich ein paar Kröten zusammenkrieg für das Nötigste, wo die Familie braucht.«
»Aber ich hab doch das Geld selber verdient. Mit Werbezettel austragen.«
»Wir diskutieren nicht, merk dir das.« Mutti schmeißt alles, was sie beschlagnahmt hat, mißvergnügt auf einen Haufen. »Und jetzt ab durch die Mitte mit dem Baby!«
Während Wacki den Kinderwagen die Treppe hinunterbugsiert – immer plopp-plopp von Stufe zu Stufe vom vierten Stock ins Parterre, denn es gibt keinen Aufzug – schreit er das Baby an: »Das war gemein, das mit dem Geld! Wo ichs doch selber verdient hab! Ganz obergemein war das!«
Plopp-plopp. »Ganz hundsoberfeigfeigfeiggemein!« schreit er im dritten Stock.
Plopp-plopp. »Ganz hundsoberfeigsaumistgemein!« schreit er im zweiten Stock.
Plopp-plopp. »Und Schund sind die Hefte schon einmal überhaupt gar in echt nicht!« Im ersten. Plopp-plopp.
Im Parterre schreit er nichts mehr. Denn da fällt ihm ein, daß draußen auf der Straße Hoss auf ihn lauern könnte. Er späht durch die Haustür hinaus. Kein Hoss. Aber der kann schneller auftauchen, als Wacki es schafft, sich in eine Toreinfahrt zu verdrücken.
Er läßt die Haustür zufallen und schiebt den Kinderwagen durch den Flur in den Hinterhof. Dort kennt er eine Stelle, wo keiner ihn sehen kann. Nicht mal Mutti könnte das, trotz ihrem Polizistenblick und nicht mal dann, wenn sie sich aufs Fensterbrett vom Badezimmer stellt.
Die Ecke hinter den Wäscheleinen! Dort hängt immer so viel Tropfnasses von den Gastarbeiterfamilien aus

dem Erdgeschoß, daß sich eine ganze Schulklasse tagelang dahinter verstecken könnte.
Da sitzt er nun, mit dem Kinderwagen. Und hat mit sich selbst ausgiebig Mitleid. Bis er das Sich-leid-Tun leid ist und sich fragt: Wie komm ich denn nun aber raus aus all dem Schlamassel?
Mit dem Zeigefinger malt er das Signal Nummer 12 in ein Bettlaken. »Gieße mir Weisheit in den Geist, o König.« Als er, mit dem vom Laken nassen Finger, das Signal auch noch auf die Hauswand zeichnet, gießt sich tatsächlich Weisheit über seinen Geist aus, und er hat eine Idee.
Überhaupt die Idee der Ideen! Daß er da nicht schon früher drauf gekommen ist.
Er schreibt an König Kupferkopf!
Andere tun das ja auch. In jedem neuen Heft sind immer zwei Seiten lang Briefe an den König abgedruckt.
Wie zum Beispiel:
»Lieber König Kupferkopf, bevor ich Dich gekannt habe, habe ich immer gestottert in der Schule, wenn ich drangekommen bin. Die ganze Klasse hat gelacht über mich, es war fürchterlich. Aber wenn ich jetzt drankomme, denke ich ganz fest an Deine Kühnheit und wie Du so glatt daherreden kannst ohne Stottern, und ich kann es auf einmal selbst, und keiner lacht mehr über mich. Dein Heinz W., Osnabrück.«
Oder:
»Wenn Du mit Deinen Feinden fechtest, kriege ich das Zittern und bin in Schweiß gebadet, trotzdem ich doch weiß, daß es gut ausgeht, weil es noch immer gut ausgegangen ist bei Dir. Aber bei mir, lieber König, da geht es nie gut aus, und ich kriege immer eins auf den Rüssel.

Bitte verrate mir darum ein paar von deinen Tricks. Dein Matthias R., Saarbrücken.«
Oder:
»Ich möchte bei Dir einen Karate-Kurs nehmen, ich spare schon so lange darauf. Teile mir schnell mit, wann ich anfangen kann. Es grüßt Dich Dein Ricki Sauer, Bad Homburg.«
Und jeder Briefschreiber bekommt eine Antwort:
»Der König läßt Dir ausrichten, daß er Deinen Brief beim nächsten Kampf über dem Herzen tragen wird. Was für eine Ehre für Dich, lieber Mario B. in Rosenheim! Lies darum unbedingt die GLÜHENDE LANZE, die ab nächsten Donnerstag an allen Kiosken zu haben ist!«
»Lieber Alfred in Bielefeld, König Kupferkopf kann Dir leider sein kupfernes Roß Symopox nicht ausleihen. Gegen Voreinsendung von 60 Pf in Briefmarken schicken wir Dir aber gerne ein Verzeichnis von Pony-Farmen, in denen Du billige Reitstunden nehmen kannst.«
Da wird der König doch wohl auch wissen, wie dem Wacki zu helfen ist!
Aufgeregt geht er zwischen der Wäsche auf und ab. Er feilt an dem Brief, den er an den König schreiben will.
»Sehr geehrter König«, redet er laut vor sich hin, »schikke bitte sofort einen Ritter, der wo mir das Ausfahren des Babys abnimmt. Dein Wacki.«
Nein. Das ist zu wenig. Wenn er schon an den König schreibt, muß er auch gleich mehr verlangen.
Also. »Lieber König, richte bitte Deine grünen Augen auf den Hoss aus meiner Klasse und brenne ihm ein anständiges Loch in seine Pelle, weil er ist eine gemeine Sau. Dein Wacki.«

Aber hilft ihm das? Das ist immer noch viel zu wenig. Er muß aufs Ganze gehen: »Außerdem laß mich bitte sofort wachsen, damit ich drei Köpfe größer bin als wie der Hoss und mein Vater und alle, die wo gemein zu mir sind.«

Wacki redet sich in Hitze. Er brüllt nun schon, was er an den König zu schreiben gedenkt: »Dazu schicke mir bitte sofort die Hefte zurück, Du weißt schon die, wo Du drin vorkommst und die mir meine Mutter weggenommen hat. Und dazu bitte zwei Stahlfäuste, damit ich ihnen ...«

Angellina, die Gastarbeiterstochter aus dem Erdgeschoß (die in die Klasse unter Wacki geht, obwohl sie genauso alt ist wie er) steckt den Kopf aus einem Fenster: »Mit wem du reden?«

Wacki wird puterrot. »Ich ... ich hab mit meiner kleinen Schwester geredet.« Und weg ist er, samt dem Kinderwagen.

## 8

Beim Abendessen sitzen alle um den Tisch, als ob nichts vorgefallen wäre.

Bis Vati betont umständlich seine Zeitung auseinanderfaltet und die Sportseite auf das Wachstuch der Tischplatte legt. Natürlich hat er sie längst gelesen. Aber er schauspielert nun, als tue er es erst jetzt.

»920 Mark hätt ich kassieren können mit meinen acht Richtigen. 920 Mark!«

Er schaut anklagend auf Wacki, der in einer Semmel po-

pelt. Mutti schweigt und fährt mit der linken Hand den Kinderwagen hin und her, damit das Baby einschläft. Vati ärgert sich, weil Mutti sich nicht ärgert.
»Neunhundertundzwanzig Mark hab ich gesagt. Bar auf die Hand. Wenn dein Herr Sohn den Tippschein nicht versaubeutelt hätt.«
Mutti schluckt das Gestichel von »deinem Herrn Sohn«, ohne zurückzusticheln »dein Herr Sohn ist er doch auch«, wie es die Spielregel verlangt. Worauf Vati dann stacheln könnte: »Ja, aber von mir hat er solche Laster nicht geerbt. Die kommen nur in deiner Familie vor.« Mutti gibt all diese schönen Pülverchen nicht von sich, aus denen man einen Streit backen kann. Mutti schweigt weiter und schiebt den Kinderwagen hin und her.
Vati bohrt trotzdem weiter. »Die haben vielleicht gegrinst heut über mich, im Betrieb. Wo ich ihnen doch erzählt hab am Sonntag, daß ich fest mit neun bis zehn Richtigen rechnen kann.«
Mutti tut nun doch den Mund auf. »Höchstens mit acht. Aber auch schon allerhöchstens.«
Vati wirft die Zeitung fuchtig aufs Sofa. »Aha, du nimmst den pflichtvergessenen Strunk auch noch gegen seinen Vater in Schutz, was?«
»Schrei nicht so. Das Baby ist grad am Einschlafen.«
»›Wie fühlen Sie sich denn jetzt als Totokönig‹, hat der Klauwacht heut zu mir gesagt. Und hat hinterfotzig gegrinst dabei. Totokönig! Und alles wegen diesem Herrn Rotzlöffel von Sohn.«
»Der Wacki hat seine Straf, und wir sind quitt. Als Erziehungsperson muß man auch vergeben und verzeihen können.«

Amen.
Edle Sprüche führen, denkt Wacki, aber mir meine Hefte wegnehmen. Aber wartet nur, wenn ich erst an den König Kupferkopf geschrieben habe!
Ihr werdet die Ohren anlegen.

## 9

Da führt jetzt kein Weg mehr dran vorbei.
Wacki muß wieder zur Schule. Ohne Ranzen, ohne Entschuldigung, ohne Hausaufgaben. Aber das ist ihm alles ziemlich schnurz. Er hat Höheres im Sinn.
Den Brief an IHN.
In der Wohnküche sieht er sich nach etwas um, worauf er ihn schreiben könnte. Aber außer einem Heft für Rabattmarken findet er nichts. In der Tischschublade stöbert er auch noch einen Bleistiftstummel auf.
Am Küchentisch noch malt er mit großen Buchstaben seine Botschaft an den König ins Heft...
Vor der Tür zum Klassenzimmer ein Klumpen Mädchen. Als er unten im Flur auftaucht, gicksen sie schon, und eine ruft nach drinnen: »Die Dickwurst kommt!«
Im Klassenzimmer lauter feixende Gesichter. Blödes Volk. Was gibts denn da zu feixen. An seinem Platz sieht er dann, was es zu feixen gibt. Denn dort wartet jemand auf Wacki.
Die Grinse-Ente.
Sie grinst im Kopfstand, denn der Nachttopf ist mit der Öffnung nach unten auf den Tisch genagelt. Dreimal darf man raten, von wem.

Hätte ich das verdammte Biest nur nicht aus dem Fenster geworfen, denkt Wacki. Aber dann beschließt er, daß ihm dieser Entenspaß wurscht ist und die dämliche Lacherei der Klasse auch. Denn wer eine Botschaft an König Kupferkopf bei sich trägt, steht schneegipfelhoch über solchem Kinderkicherkackiwitzikram.
Noch ehe die Klasse sich so richtig in Schwung gekichert hat, steht Herr Pakusius vorne an der Tafel, und das Vergnügen hat erstmal Pause.
Jetzt, wo er am Tisch sitzt, merkt Wacki, daß sich der Plastiktopf auf seinem Platz unverschämt breit macht. Er versucht, ihn mit den Fingernägeln von der Tischplatte loszukriegen. Unauffällig, versteht sich. Damit Hoss nicht auch noch an seiner Loskriege-Schufterei seinen Spaßtriumph hat.
Wacki bricht sich drei Nägel ab, aber der Topf sitzt so fest wie zuvor.
Herr Pakusius läßt die Hefte herausnehmen und den Hausaufsatz vorlesen. Automatisch bückt Wacki sich zu seinem Ranzen hinunter, der doch gar nicht da ist. Nur nicht auffallen! Er tut, als ob er darin wühlt, das Aufsatzheft hervorzieht und vor sich auf den Tisch legt.
Genau hinter Wacki sitzt Hoss. Er ist stinksauer, weil Wacki sich vorhin nicht scheckig getobt hat, und ihm damit die Schau vermasselte. Seitdem lauert er auf eine Gelegenheit für eine bonbonige Ersatzrache.
Als Wacki nun einen Augenblick nach seinem Ranzen taucht, sieht Hoss auf Wackis Tisch ein Rabattmarkenheft liegen. Hoss, der Reaktionsschnelle, greift zu und grabscht es.
Während Ingrid Taborius als erste ihren Hausaufsatz vorlesen muß, treibt Wacki mit der Faust den Bleistift-

stummel unter den Topf. Das hilft. Als Sigi Goepfert sein Werk vorliest, ist der eine Rand des Topfes schon locker, und er kann die Nägel herausziehen. Und als Bitschi drankommt mit dem Vorlesen, arbeitet er energisch am anderen Rand und hämmert den Bleistift mit Schwung unter den Topf. Mit viel zu viel Schwung – »Plop«, macht der von Nägeln befreite Nachttopf und springt hoch in die Luft.

Die ganze Klasse hat es gehört. Auch Herr Pakusius.

»Ach sieh mal an, der Wacki. Nett von dir, daß du dich auch mal wieder bei uns blicken läßt.«

Die Klasse gibbelt wie eine besoffene Truthahn-Herde. Wacki hält den Topf in der Hand und weiß nicht wohin damit.

»Und was hast du uns da für ein sinniges Geschenk mitgebracht?«

Hoss riecht jetzt endlich die Schau, die er sich erhofft hat. Reaktionsschnell greift er sich den Topf und stülpt ihn Wacki über.

Die Klasse kocht.

Jetzt reichts Herrn Pakusius aber. Er macht etwas, was er schon seit seiner Schulzeit nicht mehr gemacht hat: er pfeift gellend auf zwei Fingern. Die Bande ist baff, daß ihr Herr Pakusius sowas kann.

Es ist nicht grade Waldesstille, was nun durch die Klasse weht, aber Hoss ist es bereits zu mucksmäuschenhaft. Er setzt das Getöse auf eigene Faust fort und trommelt auf dem Topf ein Schlagzeugsolo.

Da packt ihn Herr Pakusius im Genick und ranzt: »Du liest jetzt deinen Hausaufsatz vor, verstanden?!«

Hoss, der Reaktionsschnelle, tscheckt sofort, daß mit Herrn Pakusius nicht mehr gut Pflaumenkerne spucken ist, wenn er erst mal zu solchen Tönen greift, und will nach seinem Aufsatzheft langen. Er langt aber – den Blick angstvoll auf Herrn Pakusius – reaktionsschnell daneben und kriegt das Rabattmarkenheft zu fassen.

Das stößt ihm Herr Pakusius vors Gesicht und kräht: »Lies, oder du erlebst was!«

Also liest er. »Sehr geehrter lieber Herr König! Ich rufe Dich um Hilfe weil ich stecke bis zum Hals in der Scheise und weis nicht wie rauskomen. Am allergemeinsten von allen treibt es der Hoss mit mir, den mußt du dir bitte extra vornehmen, wenn Du ...«

Wacki reißt Hoss das Rabattheft weg und fetzt es in Stücke.

Was nun heraufzieht, weiß Herr Pakusius schon. Hoss wird den Wacki rempeln, Wacki wird den Hoss treten, Hoss wird zurückboxen, und die Klasse wird die beiden anfeuern, bis die Decke wackelt.

Darum baut Herr Pakusius vor. »Wenn die Herren jetzt einen Privatkrieg führen wollen, bitteschön. Aber dann gefälligst draußen vor der Tür. Ihr stellt euch für den Rest der Stunde raus. Abmarsch!« Er nimmt sich Hoss rechts und Wacki links und schiebt sie eigenhändig, eigenarmig vor die Tür.

»Und schön weit auseinander, ihr Tunichtgute allererster Preisklasse ihr! Hoss ans Ende vom Flur. Und Wakki ans andere. Und wer Kontakt aufnimmt zu dem anderen Strolch, der hört bei mir die Engel im Himmel singen!«

Rrrrums, die Klassentür fliegt zu.

Wacki und Hoss sehen sich aus der Ferne an. Haßerfüllt. Sie sind so weit voneinander weg wie zwei Westernmänner in dem erhabenen Augenblick, wo sie ihre

Pistolentaschen aufknöpfen, damit sie hinterher mit Tempo zu Schuß kommen. Jeder von beiden sehnsüchtet inständig nach einem Colt.
Aber ihre einzigen Waffen sind ihre Zungen. Die treten jetzt üppig in Aktion. Hoss kriegt seine weiter raus als Wacki. Dafür schneidet Wacki als Zugabe zu seiner rausgestreckten Zunge eine Fratze. Eine ausgesucht schauderbare.
Hoss läßt sich nicht lumpen und schneidet eine noch viel schauderbarere. Das läßt Wacki nicht ruhen, und er schneidet nun seinerseits eine noch viel viel schauder-schauder-schauderbarere.
Selbst Tarzan würde da Haarausfall kriegen vor Entsetzen. Dabei geht alles ganz lautlos zu. Wie im Fernsehen, wenn der Ton abgedreht ist.
Wacki ist bei der aller-aller-aller-schauder-schauder-schauder-fraislich-entsetzgräßlichsten Fratze der Welt angekommen. Unüberbietbar. Was machst du jetzt, Hoss?
Hoss macht ein Hinterngewackel, stolziert etepetete auf und ab und stemmt die Hände vor sich in die Luft.
Wacki rätselt, was dieser Hammel damit meint.
Jetzt streckt er den Kopf vor, spitzt den Mund und gibt affektierte Küßchen. Aber wem gibt er die? Wacki tippt an seine Stirn: du mühst dich umsonst ab! Aber Hoss läßt nicht locker. Er greift nach vorne – dorthin, wo er eben die Küßchen hingezuckert hat –, holt etwas von dort und tut so, als ob er dieses Etwas hin- und herschaukelt.
Wacki begreift.
Scheiß-die-Wand-an, ist der Kerl gemein! Lästerhampelt der doch tatsächlich dem Wacki vor, wie er das Baby ausfährt! Und wenn er hätte reden dürfen, hätte er dazu

geflötet »Hattu auch schön doine Wündelchen vollgekackt, moin süßes Schnuckebäbi?«
Hoss merkt, daß er bei Wacki ins Wabbelweichste seines Gemüts getroffen hat und holt sich mit Siegerlächeln eine Zigarette raus. Gell, ich habs dir vierspurig besorgt, Dickwurst?!
Wacki nimmt einen herrenlosen Schal von einem der Garderobenhaken, knotet ihn zu einem bösen Knubbel zusammen. Den schleudert er auf Hoss.
Er verfehlt Hoss. Der, die Zigarette im Mundwinkel, nimmt den Knubbel auf und dreht sich um. Wacki sieht, daß er etwas mit dem Schal anstellt.
Nun wirft Hoss.
Dicht neben Wackis Kopf ploppt die Kugel an die Wand und fällt schwer zu Boden. Wacki untersucht sie.
Hoss hat da etwas hineingebunden. Aber was? Wacki fummelt den Schal auseinander. Das KÖNIG-KUPFER-KOPF-Heft kommt zum Vorschein, das der Strauchdieb Hoss ihm geraubt hat. Nummer 21. DIE REISE ANS ENDE DER WELT.
Aber nein, es ist gar nicht das ganze Heft. Es ist nur das abgerissene Titelblatt. Und hineingewickelt ist ein dikker Kieselstein.
Den wirft Wacki zurück auf Hoss. Und trifft! Hoss schreit auf.
Rache ist süß.
Nun zielt Hoss lange und genau. Und weil Wacki sich in eine Türnische drückt, muß er näher und näher kommen dabei. Und zielt noch genauer im Näherkommen.
Wacki aber hat unterdessen längst Schutz bei der Heizung am Fenster gesucht.
Hoss schmeißt drauflos.

Glas splittert. Eine Fensterscheibe ist zu Bruch gegangen.
»Das warst du!«
»Schiebung! Das warst du!«
»Wer hat angefangen, hä? Mit der Schmeißerei, hä? Ich vielleicht?«
»Das werden wir gleich haben, wer das war.« Hoss nimmt Wacki in den Schwitzkasten. Hoss ist berüchtigt für seine Schwitzkästen.
»Also wer hat angefangen?«
»Du«, hustet Wacki.
Hoss preßt fester. »Also gut, ich wars«, schnauft Wacki.
»Und wer war das mit der Fensterscheibe?« preßt Hoss.
»Du.«
»Hejhejhej Dickwurst. Red keinen Seich.« Hoss bläst Wacki Rauch ins Gesicht. »Also, wer wars?«
»Du«, hustet Wacki.

*Spalte ihn mit dem singenden Schwert, o spalte ihn! Auf daß er in zwei Hälften zerteilt in den Staub fallen möge, den Schakalen zur Beute.*

Wackis Zunge muß gleich bei den Ohren rausglitschen, so hart dreht Hoss den Schraubstock zu. Trotzdem: »Du du du du du!«
»Dafür singst du mir jetzt was, Dickwurst. Los, sing!«
»Aua!«
»Sing!«
Wacki gurgelt und trommelt mit Händen und Füßen auf Hoss ein. Aber der quetscht ihn nur noch eiserner.

»Sing!«
»Ich sing. Was soll ich singen?«
»Schneeflöckchen weiß Röckchen.«
Rote Punkte hüpfen vor Wackis Augen.
»Aua. ›Schneeflöckchen weiß Röckchen ...‹«
»Ich hör nix. Lauter.«
»Aua. ›Schneeflöckchen weiß Röckchen ...‹« Es hallt durch den Flur, es hallt zurück aus dem Treppenhaus und aus den Etagen drunter und darüber.
»›... duuuuu lieblicher Steeeeeern ...‹«
Die Tür von Wackis Klasse und von der Parallelklasse nebenan wird im selben Moment aufgerissen. Das geht schnell – aber nicht zu schnell für Hoss, der sich noch schneller in den Hintergrund des Flures verdrückt.
Wacki singt aus Leibeskräften: »›Schmüüüüückst Blumen und Fenster wir haaaaben dich gern.‹«
In den Klassentüren stehen Herr Pakusius und Herr Wohlgehagen. Herrn Wohlgehagens Klasse ist in der ganzen Schule wegen ihrer Sittsamkeit verschrien. Herr Pakusius und Herr Wohlgehagen können sich nicht riechen.
»Ein Schüler ihrer Klasse singt während des Unterrichts auf dem Flur, Kollege Pakusius.« Herr Wohlgehagen schnuppert. »Außerdem geht ein Schüler Ihrer Klasse dem Zigarettengenuß nach. Ebenfalls während des Unterrichts.« Herrn Wohlgehagens Blick fällt auf die Scherben am Fenster und auf die zerbrochene Scheibe. »Und zerstört die Schule, Herr Pakusius.«
»Herr« Pakusius wünscht sich, er dürfte Herrn Wohlgehagen die Nase abbeißen. Um Pakusius drängelt sich die halbe Klasse, die sehen will, was es auf dem Flur Spannendes gibt.

Bei Herrn Wohlgehagen dagegen ist kein Kind zu sehen. Angewidert zeigt Wohlgehagen auf die Kindertraube, die aus Wackis Klasse quillt. »Ihre Schüler verheeren, qualmen, grölen. Sie schleppen die Anarchie in diese Schule ein, Herr Pakusius!«
»Was isn das, Anarchie?« fragt jemand aus Wackis Klasse.
Herr Wohlgehagen läuft rot an. »Sebelmüller!« brüllt er in seine Klasse.
Ein braves Schülerchen erscheint. »Hier.«
»Sebelmüller, du führst Aufsicht, bis ich wieder zurück bin. Schwätzer werden an die Tafel geschrieben.« Dann wendet er sich an Pakusius. »Ich begebe mich nämlich jetzt zum Herrn Rektor.«
Herr Pakusius weiß, was das bedeutet.

## 10

Wenn Herr Pakusius früher sah, daß ein Schüler in seine Bank gekerbt hatte »Wenn alles schläft und einer spricht/das nennt der Mensch dann Unterricht«, dann tat das Herrn Pakusius weh. Denn Herr Pakusius wollte ein Lehrer sein, der sich an den letzten hintersten Tisch setzt und zuhört, wie die Schüler reden. Ein Freund der Kinder.
Früher. Heute ist Herr Pakusius froh, wenn wieder ein Unterrichtstag endlich rum ist. Heute steht er vorne und redet allein, und ein Freund der Kinder will er längst nicht mehr werden. Früher hat er zu den Eltern in der Sprechstunde gesagt: »Das liegt nicht an Ihrem Helmut,

daß er so schlecht in Deutsch ist. Das liegt daran, daß er zu Hause keine Zuwendung erfährt.« Heute sagt er in der Sprechstunde: »Wenn Ihr Helmut in Deutsch nicht aufholt, sehe ich schwarz für seine Versetzung.«
Nur in eines hängt Herr Pakusius sich noch immer mehr rein als seine Kollegen: er schreibt längere Briefe an die Eltern.
Wackis Eltern bekommen auch einen.
Als Vati nach Hause kommt, liegt der Brief auf dem Küchentisch. Mutti sitzt daneben, mit dem Baby auf dem Arm.
Es sieht aus, als ob sie Ehrenwache hält für den Brief.
»Ich hab mich nicht getraut ihn aufzumachen, Willi. Weil es was Amtliches ist. Von der Stadt.«
»Von der Stadt?« Vati wäscht sich die Hände. Was kann die Stadt von ihm wollen? Ihn aus der Wohnung werfen? Ihm noch mehr Steuern abknöpfen? Bedeutungsvoll läßt er sich auf seinem Stuhl nieder und schlitzt mit einer Gabel den blauen Umschlag auf.
Und liest. »Wo ist denn der Wacki?«
»Seine Werbezettel austragen ist er. Warum?«
»Weil, der Brief ist wegen ihm.«
»Willi!«
»Jaja, Willi. Da freut man sich auf seinen Frieden am Abend, und was erwartet einen? Ein amtlicher Schrieb. Betreffs der kriminellen Umtriebe von deinem Herrn Sohn.«
Mutti schluchzt. »Williiiiii.«
Vati liest vor. »›Sehr geehrter Herr Schmerling! Ihr Sohn Walter störte wiederholte Male ...‹«
»Kreuzdonnerwetter, Emmi, warum krieg ich denn kein Bier?« Vati kriegt sein Bier.

»›Störte wiederholte Male den Schulfrieden und stellte das Ordnungsgefüge der Klasse in Frage.‹«
»Aber was hat er denn nun angestellt?«
»Da steht: ›Soeben ist Ihr Sohn wiederum auffällig geworden, und zwar, indem er

a) einen Tag lang unentschuldigt dem Unterricht fernblieb und statt dessen der Stadtstreicherei oblag, wobei ich ihn persönlich beobachtete,
b) am folgenden Tag ohne Unterrichtsma ... te ... ria ... lien erschien,
c) bei genannter Gelegenheit von mir mit einem Nachttopf aus Plastik angetroffen wurde,
d) während einer gegen ihn verhängten Dis ... zi ... pli ... nierungsmaßnahme auf dem Schulflur mutwillig eine Fensterscheibe zerbrach,
e) bei genannter Gelegenheit eine oder mehrere Zigaretten rauchte,
f) bei eben derselben Gelegenheit in deutlich pro ... vo ... ka ... torischer Absicht sowie mit erhobener Stimme ein Lied absang.

Wir werden darauf mit aller Schärfe reagieren und fordern Sie auf, unverzüglich im Zimmer 23, erster Stock rechts ...‹«.
Die Wohnungstür klappt. »Das ist er.«
Wacki kommt in die Wohnküche. Die Eltern sehen ihn an wie zwei Krähen, die man in Essig getaucht hat.
»Verbrecherfresse!«
»Hä?«
»Ich gib dir gleich ›hä‹!« Vati winkt Mutti mit den Augen, daß sie den Missetäter nicht entwischen und aus der Wohnküche flutschen lassen soll.
Vati packt Wackis Kopf und zwängt ihn sich zwischen

die Knie. Wacki sitzt fest wie in einem Schraubstock. Vor der Nase hat er den Kinderwagen, über dessen Rand das Baby herübergluckst, als ginge jetzt ein pfundiges Spiel los.
Vati zieht sich den Gürtel aus der Hose. Wacki legt sich die Hände schützend auf den Hintern, aber Mutti zieht sie ihm weg und hält sie fest umklammert.
Der erste Schlag brennt so, daß Wacki meint, er könnte keinen zweiten mehr aushalten.
»Und das Schlimmste an der ganzen Luderei: der Saukerl bringt seinen Vater um 920 Mark!«
Der zweite Schlag brennt so, daß Wacki meint, er könnte keinen dritten mehr aushalten.
»Neun ...« Schlag. »Hundert ...« Schlag. »Zwanzig ...« Schlag. »Mark.«
Das Baby kreischt vor Spaß.
»Neun – hundert – zwanzig – Mark!«
Der Gestank von Hühnerfett steigt aus Vatis Hosenbeinen.
»Neun – hundert – zwanzig – Mark!«
Wacki ist nur noch ein gellender Schrei.
»Neun – hundert – zwanzig – Mark!«
So heiß, so spitz ist das Gellen seines Schmerzes, daß seine Stimme ohne ihn weiterschreit –
»Neun – hundert – zwanzig – Mark!«
– und umkippt in ein Singen, das von weit draußen hereindringt –
»Neun –«
Vati schlägt seltsam verzögert, als hielten unsichtbare Hände den durch die Luft sausenden Gürtel fest –
»Hundert –«
– und das Büfett, das schwerste Möbel in der Küche –

»Zwanzig –«
– beginnt zu schwanken und fällt langsam vorneüber –
»Mark!«

– und die Mauer dahinter wölbt sich
und zerplatzt in kleine Backsteinbrocken

Und das geht ganz lautlos
nur das Singen ist zu hören
(wie von Metall)
das anschwillt zum Dröhnen

Die Mauerstücke die
herabfallen
verletzen niemand
fallen
weich und sanft wie Schneeflocken
auf das Baby
auf Mutti
auf Vati
der dasteht erstarrt und bewegungslos
mit dem Ledergürtel in der erhobenen Rechten

während
ein rotes metallenes Licht durch die Öffnung dringt
wo das Büfett stand
durch die Mauer

und ein roter Wind
fährt ungestüm in die Küche
und erhitzt sie
wie die Wüste

und ein Hufeschlagen kommt näher
und ein Wiehern
jenseits der Lücke in der Mauer hält es inne
für einen Augenblick

und dann

glänzt Licht grell auf
brennend rot

ein Reiter

ein Pferd

fliegen durch die Lücke wo vorher das Büfett stand

und
kommen
mitten in der Küche zum Stehen
in einer Wolke von Staub

KÖNIG KUPFERKOPF IST DA

DER KÖNIG IST DA

LEIBHAFTIG.

Sein Schwert Dulyla, hoch aufgereckt, weist auf die Eltern. Grüne Blitze zucken aus seinen Augen.
Ein ungeheurer Donner läßt die Küche erbeben.
Vati und Mutti, jeder für sich allein, stehen reglos an der Wand, wie hingespuckt.

Tränen laufen über Wackis Backen. Dicke Tränen.
KÖNIG KUPFERKOPF IST WEGEN WACKI GEKOMMEN!
Der Atem des Rosses weht über Wacki hin wie Südwind. Seine Nüstern sind das erste, was er zu berühren wagt.
Ein Schlag durchfährt ihn. Wie eine Aufwallung von unbändiger Freude. Wie der schnellere Schlag eines Herzens, das beim Empfang einer frohen Nachricht einen Sprung tut.
Wackis Hände streichen über Hals und Flanken des Rosses. In dem glatten Metall pulsiert Wärme und Leben. Seine Finger ertasten das kupferne Knie des Königs. Wieder ein Schlag, bis ins Mark diesesmal.
Ich berühre dich, und ich werde wie du: unzerstörbar. Alles andere in der Welt sind nur Zuckerstückchen, die der erstbeste Regen aufweicht.
Wacki küßt das Knie des Königs. Durch seinen Mund strömt etwas, wie ein Lavastrom von Glück.

## 11

Die Eltern haben sich im Schlafzimmer unters Bett verkrochen.
Mutti: »Jetzt siehst du, was du angerichtet hast mit deiner Brutalität! Was mußt du auf den Buben so einschlagen!«
Vati: »Ich hätt nicht auf ihn eingeschlagen, wenn du ihn nicht festgehalten hättest! Dein Festhalten, das war ja die reine Einladung zur Züchtigung.«

Mutti: »Jetzt bin ich schuld! Dann möcht ich nur wissen, warum du dich jetzt versteckst wie das leibhaftige schlechte Gewissen.«

Vati: »Ich versteck mich nicht. Ich wahre bloß so eine Art Sicherheitsabstand.«

Mutti: »Du bist mir ein Held! Auf dem Fußballplatz herumkrakeelen, aber wenns ernst wird ...«

Es donnert in der Küche. Sie lauschen. Bibbernd.

Vati: »Was glaubst du, was er mit uns macht, der Reiter?«

Mutti: »Bestimmt spießt er uns auf – wenigstens dich.«

Vati: »Ausgerechnet mich! Wenn ich auspacken tät, was du dem Buben alles angetan hast!«

Es donnert in der Küche. Sie schlottern.

Vati: »Vielleicht kommt der Reiter ja gar nicht wegen uns. Vielleicht hat er sich bloß in der Adresse geirrt.«

Mutti: »Dann wärs doch besser, wir täten rauskriechen und ihn begrüßen, und zwar höflich.«

Vati: »Eben. Es macht einen schlechten Eindruck, wenn wir uns verstecken. Er denkt sich womöglich was über uns.«

Mutti: »Also. Dann kriechen wir halt raus.«

Vati: »Ja. Wir kriechen raus.«

Beide bleiben liegen.

Vati: »Du?«

Mutti: »Ja?«

Vati: »Ich glaub aber nicht, daß sich so einer irrt in der Adresse.«

Mutti: »Du traust dich bloß nicht raus, du Feigbolzen.«

Vati: »Dann geh doch du, wenn du schon das Maul aufreißt!«
Es donnert in der Küche. Oder schon im Flur? Beider Herzen pochen so flatterig, daß die Matratze über ihnen fast auf und nieder hüpft.
Vati: »Du?«
Mutti: »Eh?«
Vati: »Wenn sich einer von uns stellt, freiwillig, dann könnte der andere vielleicht mit Gnade rechnen.«
Mutti: »Dann mach doch du den ersten und stell dich, Maulheld.«
Vati: »Aber Emmi ... sonst beschwerst du dich doch auch immer, wenn ich mich vordrängeln tu.«
Es donnert an der Schlafzimmertür. Die Tür splittert, die Trümmer spritzen aufs Bett. Rotes Licht gleißt herein.
»Sie haben sich versteckt.« Das ist Wackis Stimme. »Die Hosenscheißer.«
Schwere Schritte aufs Bett zu. Schritte, alt wie die Erde. Das Bett wird beiseite geschleudert, bleibt hochkant an der Wand stehen.
Die Eltern krümmen sich am Boden, in der roten Helligkeit. Wie Regenwürmer, über denen man den schützenden Feldstein weggenommen hat. Des Königs Augen sprudeln grüne Blitze.
»Wir haben uns nichts zuschulden kommen lassen!« Muttis Stimme taumelt, sie krallt sich an ihren Mann. »Unser Sohn hat immer nur das Beste von uns erfahren.«
»Nur das Allerbeste, Herr Ritter, nur das Allerbeste.«
Wacki, kalt: »Mach kurzen Prozeß mit ihnen.« In seiner Hand baumelt Vatis Gürtel.

Eine mächtige Faust, alt wie die Erde, ergreift Vati. Er wird hinaufgehoben unter die Zimmerdecke und zappelt dort, hoch oben.
»Tun Sie meinem Mann nichts an!«
Eine Stimme, alt wie die Erde, erzittert in Lachen. Das Lachen löst den Verputz der Zimmerdecke, der in großen Fladen zu Boden fällt. Ein Arm, alt wie die Erde, holt aus und schleudert einen Speer auf Vati.
Der schreit auf, als sei er im Herzen getroffen.
Aber er ist nicht im Herzen getroffen. Der Speer hat nur seine Strickweste durchbohrt.
Der Speer sitzt tief in die Mauer gerammt, hoch oben. Und Vati schaukelt daran. Er schaukelt sachte hin und her, wie die Hundemarke am Halsband eines Dackels, der sonntags Gassi geführt wird.
»Siehst du, Willi«, beschwichtigt Mutti, »es wird gar nicht so arg!«
Von wegen. Eine Faust, alt wie die Erde, ergreift auch Mutti. Hebt sie hoch, schleudert einen Speer in die Wand. Nagelt sie fest, hoch oben.
»Williiiiii!«
Schritte, alt wie die Erde, entfernen sich.
Der Kinderwagen wird hereingeschubst, rollt durchs Zimmer und rumpelt gegen die Wand. Dort steht er still. Das Baby sieht seine Eltern an der Wand hängen. Es kreischt vor Spaß.
»Scheißbalg«, murmelt Vati.
Dann wird es still im Elternschlafzimmer. Vati und Mutti lauschen auf das melodische Scheuern ihrer Kleidung, die sich an den Speeren reibt, während sie friedvoll und stetig unter der Zimmerdecke hin- und herschaukeln.

# 12

Es dauert die ganze Nacht, bis Wacki alles erzählt hat.
Das Baby kommt vor in seinem Bericht, Hoss und das Mofa und Bitschi und der Sonntagsarrest, und der Tippschein und Herr Pakusius. Und immer wieder Hoss.
Der König sitzt auf dem umgestürzten Küchenbüfett und stützt seinen Kopf auf das singende Schwert Dulyla. Das Roß Symopox leckt mit seiner großen, feuchten, warmen, metallenen Zunge Wackis zerschundenen Hintern.
An der Stelle, an der das Küchenbüfett gestanden hat, klafft eine Lücke in der Mauer. Durch sie hindurch sieht Wacki den Sternenhimmel. Noch nie hat er einen solchen Sternenhimmel gesehen wie diesen heute. Die Gestirne lodern wie Fackeln im tiefen Violett des Weltraums.
Oft, mitten in Wackis Erzählung, ergrimmt sich der König über das Unrecht, das Wacki widerfahren ist. Dann schießen Blitze aus seinen Augen und fahren in den Küchentisch, wo sie das Wachstuch auf der Tischplatte mit schwarzen Brandkreisen sprenkeln. Und Donner rollen hinterher. Sie rollen bis hinauf zum violetten Himmel. Sie machen die lodernden Fackeln der Gestirne erbeben und spalten Kometen von ihnen ab, und die zischen weithin durch die violette Unendlichkeit, als Fontänen aus brennendem Sternenfleisch.
Ein kosmisches Feuerwerk allein für Wacki!
Schlaftrunkenheit tropft in seine Sinne. Sein Kopf sinkt auf die Knie des Königs, die nun weich und flauschig sind wie sonnenwarmes Moos.

Der König legt seine Hände auf Wacki. Alle Zärtlichkeit des Erdkreises ist in ihnen gesammelt und sickert in Wackis violette Träume.

## 13

»Pakuuuuuuuuuuuuusius!«
Des Königs Stimme hallt über den Platz vor der Schule.
»Pakusius, komm heraus!« Nichts rührt sich in der Schule, obwohl Wacki weiß, daß sie alle drin versammelt sind. Er kann es sich richtig vorstellen, wie sie unter den Tischen kauern, hinter den Heizungen hocken, über die Fensterborde herausschielen.
Wie sie sich im Lehrerzimmer in Angst und Hitze labern, und der Rektor zischelt: »Also bitte nicht die Nerven verlieren!«
»Pakusius, wir warten!«
Das Roß Symopox scharrt mit den Hufen das Pflaster, daß die Funken stieben. Vor dem König im Sattel thront Wacki.
Kupferkopf ist der König, und Wacki ist der King. Wenn er sich die Haare aus dem Gesicht schleudert, kriegen vierhundert Grundschüler Knieschlottern.
Dabei weiß Wacki das gar nicht. Er brüllt nur noch einmal herzhaft:
»Pakusius, jetzt mach hopphopp!«
Aber nichts rührt sich.
»Was machst du eigentlich, König, wenn einer kneift?«

Die Antwort: ein Blitz bricht aus des Königs Edelsteinaugen und zickzackt um das Schulhaus herum, ehe er durch den Schornstein fährt. Was er da drin in der Schule weiter anstellt, kann Wacki nicht sehen. Wohl aber kann er die Räuchlein sehen, die da und dort hervorquellen und das Gekreische hinter den Fenstern hören.

Zuletzt faucht der Blitz aus einem Kellerfenster wieder heraus und zerplatzt wie mit einem Seufzer, der nach »Uff, das wäre geschafft« klingt.

Ein Donner bollert hinterher, der die Penne bis in die Grundmauern erzittern läßt.

»Super!« freut sich Wacki.

Ein zweiter Blitz springt aus des Königs Augen, aber er jagt in kein Ziel. Er hüpft vor der ehrwürdigen Bildungstankstelle auf und ab wie ein Tennisball, der ein Känguruh nachmacht.

Kein Zweifel: der Blitz wartet auf etwas. Und wenn sein Warten für die Katz ist, schlägt er ein.

Sein Warten ist nicht für die Katz. Die Schultür geht auf. Einen Spalt nur, aber sie geht auf. Eine weiße Fahne wird herausgestreckt: ein Handtuch, an ein Lineal geknotet. Und eine kleine Prozession marschiert hinter der weißen Fahne her auf König Kupferkopf zu.

Das gesamte Lehrerkränzchen, angeführt vom Rektor.

Nur Herr Pakusius fehlt.

Die Damen und Herren vom Lehrkörper tun sich ziemlich schwer beim Laufen. Denn genau um ihre Leibesmitte herum war der Blitz fleißig und hat ihnen fein säuberlich allen Stoff weggebrannt, der sie dort umhüllte.

»Supersuper!« jubelt Wacki.

Ihre Röcke und Hosen mit den Händen festhaltend, bauen sich die Lehrer vor dem König auf.
»Wir verlangen ...« will der Rektor beginnen.
Der Hüpfe-Blitz knattert und sprüht ein bißchen. Wenn er ein Hund wäre, könnte man sagen: er knurrt. Der Rektor schluckt, faßt seine Hose fester und beginnt noch einmal:
»Wir ersuchen Sie dringlich, die Belagerung zu beenden. Sie steht in keiner Weise mit der Schulordnung im Einklang.«
»Du hast wohl einen Wackelkontakt, Rexi, hä?« Wacki trumpft auf, frech wie nie. »Du machst jetzt schön brav wetz-wetz in deine Gehirnbadeanstalt und schickst uns den Pakusius raus, logo? Denn sonst ...«
Der Hüpfeblitz schlägt ein paar bedrohliche Purzelbäume über der Lehrerschar. Die quietscht wie die Backfische und will sich aus dem Staub machen.
Aber der Rektor hält sie zurück. »Ich kann öffentliche Zweikämpfe mit Lehrpersonen nicht zulassen. Der Beschwerdeweg gegen den Kollegen Pakusius steht Ihnen jederzeit offen, aber ...«
Hoch auf bäumt sich da das Roß. Aus seinen Nüstern stößt es Dampf, unglaubliche Mengen Dampf, die wabern und wogen und den Platz vor der Schule füllen und immer noch in die Höhe und Breite wogen und quellen und neues Dampfgequelle aus sich herauskochen, das hochbrandet und hochquallert, und obendrauf –
Obendrauf sitzen die Lehrer.
Sie werden hochgestemmt von dem Dampf, als sei der gar kein Dampf, sondern ein handfester Gabelstapler.
Ein paar Lehrer strudelt es auf die Alleebäume, die vor der Schule stehen. Ein paar andere bleiben an der Dach-

traufe hängen und hangeln sich hinauf aufs Schuldach. Herr Wohlgehagen landet droben am Uhrtürmchen, das sich keck mitten auf dem Schuldach aufreckt. Dort kriegt er den großen Zeiger der Uhr zu fassen und bleibt daran baumeln und angelt mit den Füßen nach einem Halt –

Aber da ist kein Halt.

»Obersuper!« juchzt Wacki.

Den Herrn Rektor sprudelt es hoch zur Spitze der Fahnenstange vor der großen Freitreppe. Dort läßt er immer am Vortag des 17. Juni die Bundesflagge aufziehen und spricht dazu ein paar feierliche Sätze vor der versammelten Schülerschaft.

Wenn doch auch jetzt eine Bundesflagge da wäre! Dann könnte der Herr Rektor sich an ihr nach unten gleiten lassen – schwungvoll, glatt und sicher.

Aber es ist keine da. Und der Herr Rektor muß sich schwindelerregend weit oben an das spleißige Holz des Fahnenmastes hakeln. Mit den schwächlichen Armen eines Menschen, der gänzlich untrainiert ist, weil er immer nur am Schreibtisch arbeitet. Und das alles nur, weil da ein Junglehrer zu feige ist, seine ganz privaten Raufhändel selber zu erledigen –

»Pakuuuuuuuuusius!« schreit der Rektor. »Kommen Sie endlich raus, verdammtnochmal!«

Rechts unten im Seitenflügel der Schule, halb im Keller schon, wird die Eisentür des Fahrradkellers aufgeschoben. Und heraus bebbert –

Pakusius. Wie ein Schüler, der seine Aufgaben nicht gemacht hat und nun nicht mal eine Ausrede weiß.

»Hierher!« kommandiert Wacki. Pakusius macht drei, vier wackelige Schritte wie auf Beinen aus Kaugummi.

»Zum Zweikampf bist du gefordert, Knülch!« trompetet Wacki.
Pakusius nimmt seine randlose Brille ab, fummelt an ihr herum und setzt sie auf und kapiert trotzdem nicht, was Sache ist.
»Nimm diese Waffe und erwehre dich nach Mannesart!« posaunt Wacki. Das Schwert Dulyla fliegt durch die Luft und fährt mit viel Funkengespritze neben Herrn Pakusius ins Pflaster.
Die Schüler, die nun alle aus den Fenstern hängen, klatschen und pfeifen und sind ganz aus dem Häuschen.
Der König springt vom Roß und legt sein Schild nieder auf die Erde. Er hebt seine leeren Hände hoch, was zeigen soll: waffenlos trete ich dir gegenüber.
Nun sei mal schön ein Held, Freundchen! Du hast ja eine Waffe – ich hab keine.
Herr Pakusius kriegt das große Zittern und fummelt schon wieder an seiner Brille, der randlosen. König Kupferkopf zeigt mit gebieterischem Arm auf das Schwert.
Nun nimm es schon, Pädagogenschrumpfi!
Pakusius gibt sich rechtschaffen Mühe, das Schwert aus dem Pflaster herauszuzerren. Aber so sehr er auch zurrt und zuckelt – er schaffts nicht.
Dulyla sitzt fest.
»Jetzt packen Sie das Ding endlich mit zwei Fäusten, Mann!« ruft jemand von hoch oben. Jemand, der rittlings auf dem Schuldach sitzt: Herr Geierwein, der Turnlehrer.
Pakusius murmelt ein »Danke für den Hinweis«, und tut, was ihm geraten.
»So, und nun lockern Sie die Arm-Muskulatur und at-

men kräftig durch und ziehen das Gerät mit einem kernigen Ruck raus, verstanden?«

»Verstanden, Herr Kollege.« Pakusius pumpt seine Lungen voll.

»Aber erst, wenn ich ›los‹ sage, Also: Achtung ...!« ruft Herr Geierwein.

»Fertig ...!« rufen ein paar Schüler aus dem ersten Stock.

»Los!« brüllt die ganze Schule.

Sogar Herr Wohlgehagen droben am großen Zeiger brüllt mit.

!!!

Wie eine Mondrakete saust das Schwert durch die Luft. Und Pakusius, der vor Schreck nicht losgelassen hat, saust mit.

Die Schüler jubeln.

Notdürftig kommt Herr Pakusius wieder zum Stehen. Gießbäche rinnen ihm in den Kragen, kleine Wasserfälle über seine Brillengläser.

»Pakusius vor, noch ein Tor!« plärren welche aus seiner Klasse.

Nun, da er das Schwert endlich leidlich im Griff hat, versucht er es hochzustemmen. Aber seine Knie knicken ein, und das Schwert kracht aufs Pflaster.

»Stellen Sie sich nicht so kariert an, Sie!« Das ist wieder Herr Geierwein vom Dachfirst herunter. »Sie blamieren ja die ganze Schule mit Ihrem unsportlichen Gehampel!«

Geierwein hat gut reden da oben, unter Gottes freiem Himmel. »Beine grätschen, Mann! Oberkörper schwingen lassen, Mann! Und das Gerät ganz locker lässig lokker mitziehen, Mann!«

Naß wie ein Springbrunnen schuftet Pakusius. Beim sechsten oder siebten Versuch hat er das Schwert endlich gelupft und zitterkrampfwuchtet es bis unterhalb der Kniehöhe.
König Kupferkopf versteht trotzdem.
Das soll eine Fechterstellung sein. Wenn beide Gegner die einnehmen, ist der Zweikampf eröffnet. Also nimmt auch der König sie ein –
Da jagt ein Schatten über den Kupferglanz seiner Hände, die zum Angriff erhoben sind.
Ein Felsbrocken schlägt neben ihm aufs Pflaster, tonnenschwer, und zerplatzt in Brocken und Bröckelchen.
So erdbebengewaltig, daß es Herrn Pakusius ein weiteres Mal von den Beinen haut und sogar der große Zeiger der Uhr hoch oben am Türmchen schlenkert, und Herr Wohlgehagen mit ihm.
Aber nicht bloß er. Alles ringsumher erzittert. Nun schon nicht mehr vom Aufschlag allein, sondern von etwas, das hinter den entfernteren Häusern heranschubbert wie 23 000 Badeöfen beim Wettrutschen auf Kopfsteinpflaster.
Natürlich schubbern da keine Badeöfen heran. Sondern etwas, bei dessen Anblick sogar dem König anzumerken ist, daß das leibhaftige Unheil anrückt. Leise, wie zu sich selbst, sagt er: »Wie konnte ich ahnen, daß sie mir bis *hierher* folgen würden!«
Und greift schnell sein Schwert und Schild und ist mit einem Sprung wieder auf dem Roß. Wacki kommt er zur rechten Zeit – er muß sich hinter des Königs Schild verkriechen.
Denn die da jetzt den Platz vor der Schule zu füllen be-

ginnen, sind überaus greulich anzusehen. Obwohl Wakki sie noch nie zu Gesicht bekommen hat, weiß er sofort: das muß das Steinerne Heer sein!
Auf lebenden Felsen kommt es geritten.
Auf Schlangen aus Granit, die wie von Riesenhand eingefädelte Halsketten sich über den Erdboden ringeln, von steinernen Reitern gelenkt.
Die steinernen Reiter schleudern Felsbrocken als Wurfgeschosse. Felsbrocken, die sie aus dem felsigen Fleisch ihrer Reit-Tiere reißen. Wen nicht schon die geschleuderten Felsen zermahlen, zerquetschen, zertrümmern, den umschlingen die granitenen Wurmkolosse und zerbrechen ihn wie ein Schneckenhaus, über das ein Güterzug fährt.
Das kupferne Roß, Verhängnis witternd, bäumt sich auf. Von allen Seiten her rattern die Steinschlangen, da gibt es kein Entkommen mehr.
Herr Pakusius, eben noch froh darüber, daß es nun doch keinen aussichtslosen Kampf geben soll, stolpert ins nächste Entsetzen. Ein durchgeschwitztes Bündel Angst, möchte er sich am liebsten kleinmachen und in eine Erdritze kriechen wie die Nacktschnecke beim Hagelschauer.
Aber das Wild, das das Steinerne Heer jagt, ist nicht Pakusius.
Das leuchtet rot inmitten der krötig sich über- und durcheinanderschiebenden Felsleiber: König Kupferkopf.
Der König schwingt das Schwert und schlägt auf die Angreifer ein. Aber die unbesiegbare, die verderbenbringende Klinge prallt klirrend ab von dem wogenden Granit und hinterläßt nicht einmal ein Ritzerchen. Wacki,

verkrallt hinter dem Schild, sieht es mit staunendem Schrecken.
Und er sieht auch: die steinernen Schlangenschwänze züngeln schon nach den Flanken des Rosses. Sie schwingen durch die Luft über Reiter und Roß.
Als sie niedersausen, klingt eine Glocke: das ist des Königs metallener Körper, auf den die Schlangenschwänze einschlagen als gnadenlose Klöppel. In Wackis Kopf dröhnt es, als sei er selbst diese Glocke.
Etwas Kaltes rauht ihm den Hals auf – die Schwanzspitze einer Steinschlange! Es wird ihm schwarz vor den Augen. Und trotzdem weiß er: mir passiert schon nichts. Der König ist ja diesmal nicht werweißwo, sondern so dicht bei mir, wie es nur geht. Und ich bin nicht bloß Zuschauer, sondern darf mitspielen!
Die Steinschlange krampft Wackis Hals zu, und ein zweites von diesen Biestern ringelt sich rauh und kalt um sein linkes Bein.
»Obersuper mit Ketchup!« Dagegen waren die KÖNIG-KUPFERKOPF-Abenteuer im Fernsehen kalter Kaffee. Denn da *sah* man ja nur, da *spürte* man nicht –
Mit je einem Arm packt der König eines der felsernen Scheusale bei den Köpfen. Reiter und Schlangen schlägt er wuchtig gegeneinander, und die Splitter prasseln weithin. Was in den Händen übrig bleibt, zermahlen seine Finger zu Kieseln und Staub.
Und wieder packt er zwei Scheusale. Rings um das Roß häufen sich Geröll und zerriebenes Gestein.
Die Reste des einen donnern mit Felsengewicht gegen den Fahnenmast, an dem der Direktor hängt.
»Krrrrrrrziiiick«, macht es, ziemlich böse, und der Mast knickt zur Seite. Und »Ziiiiiiiiiiick« macht es, als

die Stangenspitze sich allmählich der Erde entgegensenkt. Der Rektor baumelt vorne an der Spitze ...
Die Schüler trampeln.
Herrn Pakusius rollt ein abgerissener Schlangenkopf gegen die Knie, stiert ihn aus steinernen Augen an, klappt seinen steinernen Rachen auf und zu, so daß Pakusius die Hände vors Gesicht reißt, bis der Kopf zu einem Berg von Kieseln zerfällt.
Den Platz vor der Schule pflastern Schlangenbrocken, zuckende Felsschwänze, zerborstene Granit-Klauen, zersplitterte steinerne Reiter.
Und der König mahlt weiter –
Die noch nicht ergriffen und zermahlen wurden, rattern in wilder Flucht davon.
»Siiiiiiiiiieg!« plärrt Wacki, als hätte er selbst das alles vollbracht.
»Sieg!« lallt auch Herr Pakusius.
»Siiiiiiiiiiiiiiiiiiiiieg!« rufen nun auch alle in und auf der Schule:
– Herr Geierwein, der mit Schwung in ein Bodenfenster gleitet,
– der Rektor, der gleich darauf mit »ploiiiing« auf einem Wagendach landet,
– Herr Wohlgehagen am großen Zeiger der Schuluhr.

Die Schüler drängen heraus und machen einen Krakeel wie nach einem gewonnenen Länderspiel. Je näher sie aber dem Sieger kommen, desto leiser und langsamer werden sie.
Bis sie mucksmäuschenstill im weiten Kreis um ihn herumstehen und gaffen.
König Kupferkopf klopft mit einem Stein die Beulen

glatt, die ihm das Steinerne Heer an Armen, Brust und Beinen schlug. Und Wacki hämmert (mit einem viel, viel kleineren Stein) auf die Dellen auf des Königs Rücken ein, die dessen Arm nicht erreichen kann.
»Warum zieht denn der seine Rüstung nicht aus, wenn er hämmern muß?«
»Weil er doch nicht kann.«
»Warum kann er denn nicht?«
»Mensch, weil das doch keine Rüstung ist sondern festgewachsen, wo er doch aus einem Guß aus Kupfer ist.«
»Du hast vielleicht 'nen feuchten Keks im Schuh, du, das gibts doch gar nicht!«
»In echt gibts das! Brauchst ja bloß mal draufklopfen. Wenn du dich traust.«
Ja, wenn ...
Wacki lodert es bis aus den Ohren vor Stolz. Trotzdem oder grade drum schaut er nicht hin zu den Mitschülern. Er tut, als merke er vor lauter Hämmerei nicht, daß sie miteinander raunen:
»Guck mal, der Wacki aus der 5 e ist der Freund vom Kupfermann.«
»Wo der doch immer son Kümmerwurz war und ohne Traute.«
»Ob der vielleicht mänätscht, daß wirn Autogramm kriegen vom Kupfermann?«
»Bei mir bestimmt nicht. Weil, ich hab ihn jedesmal die Treppe runtergeschubst. Wenn der mich bloß nicht verpetzt beim Kupfermann, und der mich zerbröselt so wie die Steinviecher da.«
Auch Bitschi sieht er nicht, obwohl er sie sieht. Sie traut sich sogar sehr nahe heran. Nahe genug, damit Wacki

zu ihr sagen kann: »Willst du mal aufm Pferd sitzen? Der König erlaubts, wo ich doch sein Kumpel bin.«
Aber Wacki sagts nicht. Jetzt sollst du erstmal zappeln, Weibstück!
Obwohl Wacki in ihren Augen schon die Tränchen lokker sieht, die sie hinterher Hoss vorweinen wird: »Nicht mal gemerkt hat er, wie ich ihn angehimmelt hab.« Und dann wird Hoss zu ihr sagen –
Hoss! Wacki luhrt in die Runde. Kein Hoss. Also muß er noch im Schulhaus sein. Dein Schicksal wird dich ereilen, Freundchen, das kann ich dir auf dem Lokus flüstern.
Der Rektor, die Hände am Hosenbund, faßt sich ein Herz.
»Nur der Form halber, verstehen Sie mich recht, möchte ich anfragen, ob Sie die ... ob Sie das Duell mit dem Kollegen Pakusius nun fortzusetzen gedenken.« Pakusius hängt hinter dem Rektor herum, feucht wie ein Seehund.
Wacki, gnädig: »Der kann abzischen.«
Der Rektor heitert auf. »Sie haben uns ... ich meine dem Lehrkörper und der Schülerschaft, ein Erlebnis nahegebracht, das uns allen unvergeßlich sein wird.«
Der Rektor wartet, ob der König ihn einer Anrede für wert befindet. Aber der schweigt, alt wie die Welt.
»Es war trotz aller ... ich möchte mal sagen ... trotz aller ungewohnten Begleitumstände« – und dabei schaut er hinunter auf seine versengte Hose, die er noch immer halten muß – »eine Bereicherung unseres schulischen Alltags.«
Pause. Der Rektor blinzelt zum König hoch. Der aber schaut zu fernen Horizonten und schweigt das Schweigen, das in der Welt war, ehe sie erschaffen wurde.

Der Rektor gibt nicht auf. »Sie sind neu in der Stadt?« Jetzt, wo er dicht unter dem König steht, bemerkt der Rektor erst, daß der nicht nur von außerhalb *dieser* Stadt kommen muß. Sondern von weit außerhalb all dessen, was der Rektor sich vorstellen kann. Der Rektor äugt: kein übliches Kleidungsstück hat der Kupfermann an, keine Krawatte, höchstwahrscheinlich hat er auch keine abgeschlossene Schulbildung, keinen Führerschein, kein Impfzeugnis, keinen festen Wohnsitz, keine Topfpflanze im Fenster und keine Nachbarn, vielleicht nicht einmal Vater und Mutter ...
Ein Frösteln schüttelt den Rektor. Als ob weit hinter dem Saturn eine Tür offenstünde und der Zug von da zu ihm herüberbliese.
»Verzeihen Sie die Frage. Verzeihen Sie.«
Da tut der Rektor etwas, was Wacki als Allerletztes erwartet hat. Er läßt sich auf die Knie nieder und berührt mit seiner Stirn die Hufe des Rosses.
So bleibt er lange. Dann steht er auf und rennt quer über den Platz davon, als seien die Steinschlangen hinter ihm her.

## 14

»Ich fühle, mein Sohn geleitet mich in einen Kampf gegen einen neuen Feind.«
Sie reiten in den Schulflur hinein.
»Sag mir Sohn, was sein Name ist.«
»Hoss.«
»Hoss!« ruft der König mit einer Stimme wie zürnender Donner. »Ich rufe dich zur Fehde Mann gegen Mann!«

Der Stimmendonner hallt durch die leeren Flure und Treppenhäuser und Heizungskeller, bricht sich als Echo an den Dachstühlen und Außenwänden und rollt zurück als Echo des Echos. Und irgendwo von der Donnerstimme des Königs gestreift, muß Hoss versteckt sein und bibbern.
Bibbere mal schön! Bibbere dir einen Schnurrbart auf den Arsch. Das hast du wohl nicht gesammst,du Magerquarkfliege, daß der Wacki mit soooooo einem Verbündeten auftauchen könnte, hä? »Schneeflöckchen weiß Röckchen« – weißt du noch? »Wacki Fettacki« – weißt du noch? Bibbere mal schön.
Aber laß dich nicht zu schnell finden. Werd erst mal schön labberig in deiner Angst wie das Bonbon in der Spucke.
Draußen ist heller Tag. Aber der Schulflur, durch den sie reiten, wird düster und düsterer und nur noch erhellt vom Widerschein des königlichen Kupfers, der über Wände und Decken geistert.
Als sie im Treppenhaus ankommen, ist es ganz und gar finster. Leckmich, denkt Wacki, nicht mal das Glasdach schafft hier Licht rein. Er gruschtelt in seinen Hosentaschen nach Streichhölzern und reibt eins an.
Als das Flämmchen aufzischt, fächelt ein seltsamer Wind um seine Ohren. Über ihnen im tiefen violetten Dunkel schwirren Fledermäuse. Hunderte, nein Tausende. Ganze Völker von Fledermäusen.
Hier in der Schule? Seit wann denn das? Während Wakki sich noch wundert, verlöscht das Streichholz. Er fingert nach einem neuen. Fledermausflügel streifen sein Gesicht, seine Ohren, seine Hände.
Aber im Licht des neuen Streichholzes ist keine mehr zu

sehen. Nur noch ihr Flügelschwirren ist zu hören, fern aus fernen Räumen der Schule.
Näher aber, fast schon unter den Hufen des Rosses schnurfelt etwas heran. Wie eine Dampflok, die sich durch ein Gebirge aus Seifenschaum frißt. Das Streichholz verglimmt, noch ehe Wacki den Fußboden abgesucht hat.
Als er am nächsten Holz reibt, hört er das Schnurfeln nicht mehr nur vor, sondern auch seitlich von sich und hinter sich. Die Flamme beleuchtet, was sich da heranschiebt:
Schnecken, groß wie ausgewachsene Schäferhunde. Sie glitschen in einer Woge von grünem, gischtigem Schaum. Sie lassen keine schleimige Kriechspur hinter sich, sondern so etwas wie schwarze Bänder.
Schwarze Bänder?
Eine dicke Schaumflocke löscht die Flamme, noch ehe sie richtig angebrannt ist. Wacki findet ein letztes Hölzchen in der Schachtel und reißt es an:
die schwarzen Bänder sind Leere, Nichts, Luft. Der Schaum der Schnecken hat den festen Boden weggefressen!
Durch die schwarzen Leeren herauf weht Moder und bläst das letzte Flämmchen aus.
Wieder Nacht. Eine grausige Nacht. Das giftglitschige Schneckengeschaume hört Wacki nun unmittelbar unter sich, unter den Hufen des Rosses. Das Roß bäumt sich auf, Wacki umklammert seinen Hals. Im Aufbäumen dreht sich das Roß – dreimal, fünfmal, siebenmal, in einem wahnsinnigen Karussell.
Wacki rutscht vom Hals des Rosses und fällt –
fällt einem mahligen, knisterigen Schnurfeln entgegen.

Fällt in einen Schaum, der ihm Gesicht und Hände ätzt, fällt tiefer und tiefer, dreht sich im Fallen vier- und fünfmal und öfter, dreht sich unzählige Male und fällt und fällt –

Und denkt im Fallen: wie kann es in unserem Schulhaus eine solche Tiefe geben? Wie kann ich so endlos fallen? Durch grüne Dunkelheiten? Durch kalte Dunkelheiten? Durch rotheiße Dunkelheiten?

In der Tiefe fängt ihn etwas auf. Er fällt nicht mehr.

Er prallt zurück von dem Etwas, das ihn aufgefangen hat. Wird hochgeschleudert, fällt zurück, bleibt liegen. Das Etwas ist weich und haarig und elastisch. Wacki sieht im Zwielicht: ein Netzwerk. Aus den faserigen Stricken steigt ein beißender Geruch.

Er will aufstehen. Aber das Netz saugt seine Arme und Beine fest. Je trotziger er sich abstemmen will, desto unerbittlicher fesseln ihn Fäden und Fädchen, die wie Wurzeln aus den Stricken wachsen.

»König Kupferkopf!« ruft Wacki. Keine Antwort außer einem Echo, das ihn nachplappert und in einem Kichern endet.

Wacki kommt es vor, als hätte er das alles schon einmal erlebt. Die Schnecken, den tiefen Fall, das Netz. Oder hat er es nur gelesen? War es nicht in Heft 27? Und hieß die Geschichte nicht DAS TÖDLICHE NETZ?

Bewegungslos wie ein Kartoffelsack hängt Wacki. Im TÖDLICHEN NETZ.

Die Stricke beginnen zu vibrieren. Jemand turnt über die Stricke heran. Wacki weiß auch, wer: die Herrin des tödlichen Netzes. Wacki kennt sie. Wenn man überhaupt von »kennen« sprechen kann, wenn man von jemand nur gelesen hat …

Als die Herrin des Netzes sich nun auf Wacki zuschiebt, wünscht er sich inständig, es wäre beim Gelesenhaben geblieben. Denn die Herrin des Netzes hat sechzehn Beine, und alle sind schwarz behaart. Sie schwankt auf ihnen wie eine Holunderstaude im Sturm, denn sie sind allesamt dreimal länger als Wacki.

Sie schwankt, aber sie kommt näher. Aus ihren neun Augen funkelt sie Wacki an, und ihre drei Mäuler sabbern vor Freßgier.

Bei lebendigem Leib wird sie ihm das Blut aus den Adern saufen. Wacki weiß das, aus dem Heft 27.

»König Kuuuuuuuupferkoooooooopf!« Wieder keine Antwort. Wieder das Echo, das wie ein Gekicher hinterhersprudelt.

Die Fühler der Spinne betasten seinen Hals. Gleich werden ihre Hakenrüssel in seine Adern stechen und eine stundenlange Mahlzeit wird beginnen. Bei vollem Bewußtsein wird Wacki erleben, wie die Herrin des tödlichen Netzes den Lebenssaft aus seinen Gliedmaßen saugt –

Da flackert eine Flamme hoch zwischen ihm und der Riesenspinne. Das Ungeheuer reißt die Beine an sich und faucht. Die Haare daran haben Feuer gefangen, Flämmchen fressen sich knisternd an den Spinnenbeinen hoch. Rauch wölkt sich hoch, bitter stinkender Rauch.

Auch das Netz brennt. Die Flammen eilen auf den Fäden und Stricken entlang und lassen Asche hinter sich, die ins Nichts bröckelt.

Ehe die Flammen Wackis Füße erreichen, reißt das Netzwerk dort mit einem seltsamen Saitenton. Wacki fällt, mit den Beinen nach unten, in die Reste des Netzes

verknäult. Gefesselt baumelt er in ein schwarzes Gewölbe. Nur eine Fackel erhellt den Raum.
Und der die Fackel hält, ist Hoss.
Er grinst. »Ich hab dem Spinnenvieh den Spaß versalzen.« Stolz schwenkt er die Fackel. »Ich werd mir doch meinen Wacki Fettacki nicht wegschnappen lassen.«
Hoss hält Wacki die Fackel dicht vors Gesicht und freut sich, daß der husten muß von dem Rauch, der ihm in Mund und Nase steigt.
»Wo mein Wacki Fettacki so schön durchs Schulhaus geplärrt hat ›Ich rufe dich zur Fehde Mann gegen Mann‹! Auf gehts mit der Fehde – *ich* bin da!«
»Das war nicht ich, der da gerufen hat. Das war der König Kupferkopf.«
»Dein Blechritter! Nicht einmal selber plärren kannst du, du abgekochte Hundepisse!«
Hoss stößt mit der Fackel auf Wacki ein und brennt ihn am Kinn. Wacki will sich losreißen, aber seine Arme sitzen zu festgeschmiedet im Spinnengewebe. Wieder stößt Hoss zu und verbrennt ihm das Hemd am Bauch, bis auf die Haut.
»König Kuuuuuuupferkooooopf!«
»König Kupferkopf, mäh bäh! Der böse Bubi tut mir was, mäh bäh!« äfft Hoss, und stößt zu. Diesmal an den Hals, Wacki riecht seine verbrannte Haut.
»Nennst du das vielleicht kämpfen, hä?« höhnt Hoss. »Fordert mich zum Kampf, der Pisser, und wenn ich loslege schaltet der auf stur.«
»König Kuuuuuuuupferkoooooopf!«
Zwei Hände legen sich von hinten auf Wackis Schultern. Kupfern und schwer.

Hoss läßt die Fackel sinken. Der Widerschein kupfernen Lichts schimmert auf ihm.
»Mach mich los, König.« Die Hände bleiben auf Wakkis Schultern liegen, schwer und metallisch.
»Warum machst du mich denn nicht los?«
Die Hände bleiben liegen. Wacki wendet mühsam den Kopf. Auch sein Kopf ist eingesponnen ins Netz. Er sucht des Königs Augen. Aber die sehen ihn nicht an.
»So hilf mir doch!« Wacki brüllt mit aller Puste.
Die Hände auf seinen Schultern bleiben liegen.
»Was ist denn mit dir? Warum hörst du denn nicht? !«
Langsam wendet der König Wacki sein Gesicht zu.
Wacki schreit auf.
Wo die grünen Funkelaugen waren, ist nichts. Nicht einmal Schwärze. Sondern ein reines Nichts, weißlich und teigig.
Ein Lächeln fällt in des Königs Mund. Ein Lächeln, das Wacki abermals zum Schreien bringt. Denn als sich die kupfernen Lippen öffnen, sind keine Zähne zu sehen.
Sondern wieder nur dieses weißliche, teigige, scheußliche Nichts.
»König Kupferkopf!«
Der König kichert. Ja er kichert! Wie ein betrunkener Schornsteinfeger, und Wacki schreit zum drittenmal.
Kichernd nimmt der König Hoss die Fackel aus der Hand. Hoss lächelt ängstlich zum König hinauf. Der lächelt zu Hoss herunter und –
und tätschelt Hoss die Wange. Das Grinsen schwappt nun bei Hoss übers ganze Gesicht. Wie zwei Spießgesellen lachen Hoss und der König sich an.

Wacki zerreißt es das Herz. »König Kupferkopf!«
Der König grinst giftig. Er nimmt Hoss die Fackel aus der Hand und sticht das Flammenbündel in Wackis Gesicht.
»Wacki Fettacki Kupferkopfkacki« keift er dabei.
Wacki heult vor Schmerz und Enttäuschung. Die Glut tanzt vor seinem Gesicht. Er schließt die Augen.
Aber das Feuer versengt seine Haut nicht. Es berührt ihn nicht, es bleibt vor seinem Gesicht stehen. Stille.
Wacki schlägt die Augen wieder auf.
König Kupferkopf steht reglos, mit der Fackel. Er schaut einen an, der ihm gegenüber steht –
König Kupferkopf!
König Kupferkopf steht König Kupferkopf gegenüber. In Wackis Gehirn fährt ein Sattelschlepper im Kreis.
Jetzt redet einer der beiden Kupferköpfe. Der, der keine Fackel in der Hand trägt.
»Ich erkenne dich in allen deinen Verkleidungen. Du bist –«
»Ich bin König Kupferkopf«, beharrt der mit der Fackel.
»Du bist so wenig ich, so wahr dieses Schwert dich zerteilen wird«, schnaubt der andere und erhebt seine blanke Klinge, aus der ein drohendes Singen aufsteigt.
Der König mit der Fackel – nein, nun ohne Fackel, denn die läßt er fallen – sinkt vor dem mit dem Schwert in die Knie und winselt: »Gnade!«
Er sinkt nicht nur in die Knie, er fällt auch flach zu Boden. Aber nicht ›der Länge nach‹, wie man so sagt. Denn da ist plötzlich keine Länge mehr und keine Breite:

Der Kerl schrumpft. Arme, Beine und Kopf ziehen sich zur Körpermitte hin zusammen, als hole eine Schnecke ihre Fühler ein. Und unversehens ist der Kerl verschwunden.
Wo er lag, ringelt sich eine silberne Schlange.
»Laß dein Maskenspiel, Urquas von Urquor!« ruft zornbebend König Kupferkopf. Grüne Blitze sprühen nieder auf die Schlange. Die reckt sich auf und glüht und zerfällt zu Asche.
»Werde Staub, Urquas von Urquor, verwehe ins ewige Vergessen!«Der König zerreibt mit dem Fuß, was von der Schlange geblieben ist.
Da quäkt es aus der Höhe: »Tumb bist du wie ein Block Erz, kupferner Schlagetot!« Eine fette Fledermaus flattert unter dem Gewölbe. »Einer wie du wird den Urquas von Urquor niemals besiegen!«
In gehörigem Abstand vom König flattert die Fledermaus, aber an Wackis Gesicht streicht sie ganz nah vorbei und fächelt ihm leichigen Gestank zu.
»Wieder und wieder werde ich dich besiegen, Urquas, so oft du dich auch zeigen magst!«
»Oft noch werde ich mich dir zeigen, du Metallklotz, und in tausenderlei Gestalt, bis du mich in der tausendundersten nicht mehr erkennst. Und das wird deine Sterbestunde sein!«
»Beende dein Spiel, Urquas!« Der König reckt der Fledermaus das Schwert Dulyla entgegen.
»Mein Spiel kann ich erst beenden, wenn ich erlöst bin.« Die Krallen der Fledermaus stechen in Wackis Schultern. »Erlöst aber werde ich erst durch das Blut eines Kindes. Ein Kind wie dieses hier. Ich trinke das Blut dieses Knaben und bin frei!«

»Eher geb ich mein eigen Leben hin als die Jugendblüte dieses Knaben!« Blitze aus des Königs Augen flirren und verwunden die Fledermaus.
Die zieht ihre Krallen wehklagend aus Wackis Fleisch und flattert seitwärts nach oben, als wolle sie sich davonmachen. Jählings aber stößt sie herab auf Hoss, packt ihn und fliegt mit ihm davon.
Sein Schreien hallt jämmerlich. »Helft mir! Helft mir! He ...« Dann hallt nichts mehr. Es ist still.
Wacki ist so durcheinandergetockelt, als sei er selbst entführt worden. »Armer Hoss ... das hab ich nicht gewollt, daß ihm sowas passiert.«
»Für dieses edle Wort wird König Artus dir an seiner Tafel ein Ehrenlicht entzünden.«
Aber Wacki hört das kaum noch. Es war zuviel, was an diesem Vormittag alles über ihn hereingebrochen ist. Er beginnt zu schluchzen und schwimmt bald wohlig in einem See von Heulerei. Er ist tränenblind für das, was weiter mit ihm geschieht: der König löst ihn aus dem Netz, steigt mit ihm durch ein Gewirr unterirdischer Gänge hinauf ins Oberirdische, lädt ihn aufs Roß und reitet hinaus ins Freie.
Erst als sie wieder draußen sind auf dem Vorplatz der Schule, draußen in der Sonne, kommt Wacki wieder zu sich.
Er schnieft sich ausführlich den Tränenrotz aus der Nase und strahlt den König an: »Super war das. Echt superstark. Und jetzt gehn wir ein Eis essen.«

# 15

Bei Schmerlings klingelt es an der Wohnungstür.
»Emmi, mach auf!« ruft Vati aus dem Schlafzimmer. Seit Stunden müht er sich dort damit ab, die Tür wieder instandzusetzen, die in der Nacht entzweiging. Bis jetzt ohne Erfolg. Immer, wenn er das mit Brettern und Bretterchen geflickte Ding in die Angeln zu heben versucht, bricht es wieder auseinander und poltert zu Boden – sich aufs Neue aufspleißend in Bretter und Brettchen.
Gerade setzt er wieder an. Die untere Angel hat er mit Geduld und Muskelschmalz an ihren Platz schieben können. Nun ruckelt er an der oberen.
Da gellt ein Schrei von der Wohnungstür her.
Die Schlafzimmertür kriegt Übergewicht und reißt Vati zu Boden. Er flucht lauthals. Aber der Schrei von der Wohnungstür her ist noch lauthalser und hört gar nicht auf, ist spitz wie eine Sirene –
Vati rudert sich aus den Resten der Tür heraus und stürzt auf den Flur.
In der offenen Wohnungstür steht einer. Der ist so groß, daß er die ganze Öffnung ausfüllt. Er hat etwas an wie einen grünen Panzer. Oder sind es grüne Schuppen? Oder sind es Knochenschilde wie bei einem Krokodil?
Auch an den Händen des Kerls grüne Panzerschuppenschilde. Er hält die Hände vor dem Bauch nebeneinander. Mit den Innenseiten nach oben – so, daß sie eine Mulde bilden.
Und in der Mulde liegt der Kopf von dem Kerl.
Vati wirft sich gegen die Wohnungstür. Aber sie schließt sich nicht. Irgend etwas leistet Widerstand. Etwas Weiches.

Vati späht um die Kante herum: der Kerl hat seinen Kopf in die Spalte gelegt. Seine Augen glubschen in den Flur. Ohne einen Ton öffnet und schließt sich das Maul.
»Williiiiiiiiiiiiii!« Muttis Schreien ist heiser geworden.
Zu zweit stemmen sie sich gegen die Tür.

## 16

Der Tag ist müde von den Taten der beiden Helden. Er beginnt, sich in kupferfarbenes Abendrot zu betten.
Das Roß Symopox trabt einen steilen Pfad empor. Der beginnt auf den Garagendächern an der Beethovenstraße, über die die kupfernen Hufe poltern, ehe sie auf die höheren Dächer der Wohnhäuser und die noch höheren Dächer der Bürobauten hinübersetzen.
Wacki schwindelt es, als er hinunterschaut in das Gewimmel der Straße, und er drückt sein Gesicht tief in den grünen Mantel des Königs.
Weiter geht der Ritt – ›pling‹ klappern die Hufe hell auf Glasdächern, ›pleng‹ schepperig auf blechernen – über das Heizkraftwerk und den Versicherungspalast am Stresemann-Ring. Dort verhält das Roß einen Atemzug lang, schnaubt durch die Nüstern und vollführt einen Sprung ins Leere.
Sanft pflügen seine Hufe durch die Luft. Und die Luft trägt Roß, König und Wacki.
Ebenso leicht wie sie flogen, landen sie auf dem First der St. Anna-Kirche. Das Roß galoppiert auf dem First ent-

lang, vom Ostchor bis zu dem hohen Joch zwischen den Türmen – ›palapang, palapang‹ klappern die Dachziegel – und gleitet wieder in die freie Luft hinaus.

Länger als vorher fliegen sie nun. Wacki hat das Grummeln in seinem Bauch zum Schweigen vergattert und linst beherzter nach unten als vorher. Was dort unten ist, erinnert Wacki an die Städte, die er früher aus Sand gebaut hat und in die er Käfer hineinsetzte. Die Menschen unten wuseln genauso umher wie die Käfer damals.

Vor dem Rathausturm steht das Roß in der Luft stille, ehe es sich auf den Balkon hinabsenkt und auf dem Geländer Halt findet, das um den Turm läuft. Auf ihm tänzelt Symopox eine Runde. Es hebt die Nüstern in den abendlichen Wind, als suche es eine Himmelsrichtung, in die hineinzuspringen sich lohnt.

Im Westen hält es inne, erhebt sich auf die Hinterbeine und rudert mit mächtigeren Beinschlägen als zuvor auf die Wolkenmauer zu, die vor der untergehenden Sonne heraufwächst.

Über die Ränder der Stadt hinweg gleiten sie, über den Fluß hinweg. Das Land unter ihnen sinkt in blaue Kühle. Ein Schwalbenschwarm begleitet sie. Die Vögel flattern respektvoll vor den Vorderhufen her. Als der Schwarm zurückbleibt, schiebt sich ihnen der Kamm der Wolkenmauer entgegen wie eine erstarrte Meereswoge.

Als das Roß darauf landet, sinken seine Hufe nur ein wenig ein.

In langsamer, fließend verzögerter Bewegung galoppiert Symopox auf dem Scheitel der Wolken dahin. Kein Ton ist zu hören außer dem Sirren des Windes, der in des Kö-

nigs Mantel fährt und ihn aufbauscht zu einem riesenhaften Segel.
Wacki schaut hinab auf das Land, über das die Nacht fällt. Der Schatten der Wolkenmauer zeichnet sich schier endlos ab auf der Landschaft. An seinem oberen Rand sieht Wacki die Silhouette der Reitenden.
Er hebt seinen Arm: hier bin ich! Schwarzblau und gigantenhaft verdunkelt er damit eine Fläche, die Wacki nicht eimal in drei Tagen umwandern könnte, wenn er dort hinten auf dem Erdboden wäre.
Begeistert trommelt er dem König auf die kupferne Brust. »Du, das war der schönste Tag in meinem Leben. Und vorher, das war die schönste Nacht in meinem Leben. Und vorher, das war der schönste Abend in meinem Leben.«
Der Widerschein von König Kupferkopfs Panzer gleitet rot über ferne Wolkenbänke.
»Und jetzt ... jetzt ist schon zum zweiten Mal der schönste Abend in meinem Leben.«
Der König lächelt. »Wenn du mit deinem Lob so großzügig umgehst, wird dir keines mehr verbleiben für das, was du an meiner Seite erst noch erleben sollst.«
»Was werd ich noch erleben, sag!« Der König lächelt wieder. Im Schwung seiner Lippen erzene Weisheit, alt wie die Welt. »Sag, sag, sag!«
»Wenn du die künftigen Abenteuer jetzt schon voraus weißt, wie willst du sie dann noch erleben, wenn sie da sind?«
Über diesen Satz des Königs muß Wacki lange nachdenken. Grüne Sterne treten ihre Reise über den Himmel an. So nah, daß Wacki meint, sie mit den Händen berühren zu können. Kleine rote Regenbogen spannen sich

von einem zum anderen, leuchten wie Aschenglut auf, und stürzen ab ins Dunkel.
Das Roß trabt hin über Wolkengebirge, die verdämmern. Die nur noch zu spüren sind durch ein kühles Aufseufzen, wenn Symopox von einer Wolkeninsel zur nächsten hinüberspringt, diese niederdrückt, und wenn sie – wieder aufquellend – einen Hauch ausströmt.
»Du, König?«
»Mein Sohn?«
»Das heute, im Keller von der Schule, das war doch ausm Heft 27?«
Der König blickt gleichmütig geradeaus, alt wie das Universum.
»Ganz bestimmt. Ich habs wiedererkannt.«
Der König blickt gleichmütig, alt wie die Schöpfung.
»Du, König?«
»Mein Sohn?«
»Aber wie dann auf einmal der Hoss da war und der Urquas von Urquor – das kann doch nicht ausm Heft 27 gewesen sein ...?«
Des Königs Blick ist nach innen gekehrt, als vernehme er Sternenmusik.
»Ich meine ... das muß doch heut zum erstenmal passiert sein, oder? Und ich les mich dann vielleicht im nächsten Heft, oder im übernächsten, und die andern in der Klasse lesen es auch. Oder es kommt gar im Fernsehen ... sag, kommt es im Fernsehen?«
Der König blickt gleichmütig. Alt wie alle Gebirge, die der Erdball trägt.
»Es kommt im Fernsehen! Und dann sieht mich die Bitschi als Star!« Er trommelt einen Freudenwirbel auf des Königs Brust.

»Ja aber ... du, König?«
»Mein Sohn?«
»Wenn du gesagt hast ›Ich erkenne dich in allen Verkleidungen‹, dann ist das mit dem Urquas von Urquor heute doch nicht zum erstenmal passiert ...«
»Wie meinst du, Sohn?«
»Weil, wenn man sagt ›ich erkenne dich‹, dann hat man den Betreffenden doch schon mal wo gesehen. Weil erkennen kann man doch nur einen, wenn man ihn schon kennt, oder?«
»Mein Sohn spricht wahr.«
»Also kennst du den Urquas von Urquor. Also hast du schon mal was mit ihm erlebt.«
»Mein Sohn hat einen klugen Sinn.«
»Also ist die Geschichte heute doch nicht zum erstenmal passiert. Sondern es gibt sie schon.«
»Einen sehr klugen Sinn gar.«
»Dann sag mir doch, in welchem Heft er schon mal vorgekommen ist.«
»Von wem redet mein Sohn?«
»Vom Urquas von Urquor natürlich.«
Der König blickt gleichgültig, alt wie Gestein vom Jupiter. »Wer ist der Urquas von Urquor?«
»Jetzt nimmst du mich aber auf den Arm, König! Grad hast du mir recht gegeben, daß du ihn kennst –«
»Nicht deuten kann ich deine Rede, Sohn.«
» – und hast zugegeben, daß du schon mal was erlebt hast mit ihm. Früher, vor meiner Zeit.«
»Es gibt keine Zeit vor dir, Sohn.«
»Aber geh! Klar gibts die ... wo du gegen Baran den Buckligen gekämpft hast und gegen den letzten Xynul und das Steinerne Heer.«

»Fremde Namen dringen an mein Ohr, die ich noch nie gehört.«
»Jetzt mach keine Faxen, König! Wo ich doch selber dabei war bei deinem ichweißnichtwievielten Kampf gegen das Steinerne Heer! Du warst ganz baff, wie es auf einmal aufgetaucht ist vor unserer Schule. Und ›wie konnte ich ahnen, daß sie mir bis hierher folgen würden‹, hast du gesagt. Also hast du mit denen doch schon mal früher zu tun gehabt, oder?«
»Deine Worte, Sohn, haben unabweisbar tiefen Sinn.«
»Na bitte. Warum tust du dann, als wenn du noch nie was gehört hättest vom Steinernen Heer?«
»Von welchem Steinernen Heer spricht mein Sohn?«
Wacki ist dem Heulen nah. »Von dem natürlich, das wo heut vormittag ...«
»Von welchem heute vormittag spricht mein Sohn?«
Das ist Wacki zuviel. Der König verkackeiert ihn. Er streckt ihm die Zunge raus, lange und ausführlich. Als ihm sein Leckschlapper vom Nacht- und Sternenwind kalt wird, kommt er zur Besinnung: er ist drauf und dran, seinen König abgrundtief zu beleidigen!
Kleinlaut zieht er die Zunge zurück in den Mund. Während er sie wieder warm turnt, wartet er darauf, daß gleich ein Gewitter von grünen Augenblitzen auf ihn niedergeht.
Aber der König lächelt. Sanft und milde wie Sonnenlicht.
»Tschuldigung, König.«
Eine kupferne Hand legt sich auf seine Haare. Alle Wärme des Sommers ist in ihr eingeschlossen.
»Ich streck dir bestimmt nicht mehr die Zunge raus. Ehrenwort.«

Die Nacht ist von Horizont zu Horizont gekrochen. Sie fliegen durch diamantene Bläue. Der König schlägt seinen Mantel um Wacki.
»Von welcher Zunge redet mein Sohn?«
König Kupferkopf trägt noch mehr Geheimnisse in sich als Wacki je geahnt hat...

## 17

Die Eltern haben sich gegen die Wohnungstür gestemmt, bis ihnen die Glieder schlaff wurden.
Und der Kopf des Kopflosen hatte ihnen zugesehen und gegrinst. Und andauernd vor sich hingebrabbelt. Aber es war nichts zu hören dabei.
Und gesabbert hatte der Kerl auch noch. Mutti jammerte: »Mein schöner Flur!«
Nach zwei bis drei Stunden fällt dem Kopf des Kopflosen was andres ein als Sabberbrabbeln. Er spitzt sein Sabberbrabbelmaul und bläst Mutti unter den Rock.
Die schreit auf und vergißt, sich gegen die Tür zu stemmen. Vati erschrickt über Muttis Schrei und stemmt sich auch nicht mehr gegen die Tür.
Der Rumpf des Kopflosen nützt das aus und gibt seinem Kopf von draußen einen Schubser. Und der rollt (jetzt, wo er nicht mehr in der Tür eingeklemmt ist, kann er das ja) gemächlich den Flur hinunter. Vor der Tür zur Küche bleibt er liegen und sabberbrabbelt weiter vor sich hin.
Wären die Eltern schlau, dann würden sie die Wohnungstür nun schnell zuschlagen.

Sie sind aber nicht schlau. Sie stehen herum und beraten, wie sie den Kopf denn nun wieder aus der Wohnung schaffen sollen.
Und vergessen, daß diese Wohnung eine Tür hat. Der Rumpf des Kopflosen aber vergißt es nicht: er steht ja davor. Und offen ist die Tür ohnehin. Also tritt er ein.
Die Eltern merken es erst, als es zu spät ist. Sie flüchten ins Wohnzimmer. Schlüssel rumgedreht. Erstmal Luft geholt. Nachgedacht.
»Willi, du mußt was unternehmen!«
»Wieso grad ich?«
»Weil, was derart aus dem Rahmen fällt und wo ein Abenteuer mit dabei ist, das ist immer Männersache. Also unternimm was.«
»Männersache ist es nur, wo man das Risiko dabei kennt. Sonst ist es Selbstmord.«
»Auf einmal redest du wie eine alte Schachtel. Sonst hör ich doch andauernd von dir, daß man sich heutzutag nicht mehr als Held bewähren könnt und daß das ein Verlust wär für den modernen Mann.«
»Da hab ich selbstverständlich nur ein Heldentum gemeint in einem normalen Rahmen. Ist der Kloben ohne Kopf da draußen vielleicht normal?«
»Der Kloben ohne Kopf fällt bloß wieder auf dich zurück. Weil es dein Herr Sohn ist, der wo solche Grausligkeiten anlockt und aus unserem Heim eine Geisterbahn macht.«
»Was heißt da schon wieder mein Herr Sohn! Mit einer Tochter hätt uns das auch passieren können.«
»Nie. Weil Mädchen sich nicht abgeben mit einem derartigen Abenteuerschund. Weil die weibliche Vorstel-

lungswelt auch schon im Kindesalter eine viel sensiblere ist ... mein Gott, Williiiiii!«
»Erschreck mich doch nicht so mit deinem Geplärr. Was ist denn jetzt schon wieder?«
»Die Marita! Das Baby ist noch in der Küche!« Mutti dreht den Schlüssel um und rennt halsüberkopf hinaus. Vati zieht es vor, im Wohnzimmer auszuharren. Wenn Mutti mit dem Kinderwagen zurückkommt, will er ihr galant helfen, ihn im Wohnzimmer zu verstauen. Zu schwerwiegenderen Heldentaten aber kann er sich im Augenblick nicht entschließen.
Aber Mutti kommt nicht zurück. Statt dessen tönts mal wieder: »Williiiiiiiiiiii!«
Keineswegs mit der Eile, die Muttis Schrei erheischt, macht Vati sich auf den Weg. Als er den Rumpf des Kopflosen an der Schlafzimmertür sitzen sieht, geht er gleich wieder drei Schritte rückwärts.
»Williiiiii! Um alles in der Welt, wo bleibst du denn?«
Sachte sachte schleicht er am Rumpf des Kopflosen vorbei und redet ununterbrochen vor sich hin: »Bitte bleiben Sie sitzen und machen Sie keine Bewegung, die ich falsch auslegen könnte. Bitte bleiben Sie sitzen und machen Sie ...«
»Williiiiiiiiiiiiiiiiiiiiiiiiiiiiiiiiiiiiiiiii!«
Ja doch, ja doch. »BittebleibenSiesitzenundmachenSie ...« Vati schleicht ungeschoren am Rumpf des Kopflosen vorbei. Irgendwo angelt er sich einen Besen. Vielleicht kann er ihn gebrauchen, man weiß ja nie –
In der Küche Mutti, das Baby an sich gepreßt.
Vati fällt ein Stein vom Herzen. »Was plärrst du denn wie am Spieß, wo doch alles okay ist!«

Mutti weist mit den Augen zum Kühlschrank hin. Vati kann den Kühlschrank nicht sehen, weil der Küchentisch dazwischen ist. Also geht er um den Tisch herum und –

Es wird sehr still in der Küche.

Vati bewegt sich nicht. Mutti auch nicht. Nur das Baby fängt an zu greinen. Ungnädig, weil es aus dem Wagen gerissen wurde. Mutti hält ihm den Mund zu. Aber halte mal einer einem Baby erfolgreich den Mund zu, das sowieso schon schlechte Laune hat!

Erst läuft es rot an, dann sammelt es Luft. Dann legt es los mit einem Gesang, den nicht einmal die Stahlwände eines Geldschrankes dämpfen könnten.

»Stopf dem Balg das Maul, verdammt!« zischelt Vati. »Das Geplärre reizt *die* doch und wer weiß ...«

Weiter kommt er nicht.

Denn das Geplärr reizt ›die‹ wirklich.

Daß Mutti vorhin hereingewischt und Vati dann hereingeschlichen kam, scheint ›die‹ nicht gestört zu haben. ›Die‹ setzten ihren Schmaus am Kühlschrank unverdrossen und genüßlich fort. ›Die‹ verdrückten weiter Käse und Aufschnitt. Räuberten sogar das Eisfach leer. Um da hinaufzufassen, mußten ›die‹ sich auf die Zehenspitzen stellen. Langten aus dem Gemüseschuber Tomaten und sogar rohe Kartoffeln heraus wie zuvor – ein Wunder nur, wie ›die‹ das alles vollbringen konnten mit ihren Knochenfingern, an denen keine Sehne und kein Muskelzug war.

Trotz Mutti und Vati verschlangen ›die‹ auch weiter die ungekochten Eier. Und es machte ihnen nichts aus, wenn das Eigelb in Schlieren über ihre bloßen Rippen rann und hinabtroff auf ihre weißen Beckenknochen.

›Die‹ tranken die Tüten leer, in denen die H-Milch schwabbelte, und man sah sie weiß durch ihre glasige Speiseröhre hinabrieseln in den ebenso glasigen Magensack, der in ihrer leeren Bauchhöhle gegen die Rippen klatschte. Und ›die‹ verschonten auch nicht die Babynahrung, sondern freuten sich, wenn das Gelb des Karottenbreies, das Grün des Spinats, das Rot des Kohlmampfs beim Verschlingen an ihnen hängenblieb und mit lustigen Farbtupfern ihre kahlen Totenschädel verzierte.
Aber daß das Baby nun schrie, das brachte ›die‹ aus der Fassung.
Die H-Milch-Tüten plautzen zu Boden. Die Gläser, in denen die Babynahrung war, rollen über die Fliesen. ›Die‹ starren die Eltern an, die nicht wissen, wie sie ihr Plärrebaby ruhig kriegen sollen.
Aber was heißt ›starren‹!
Bei Wesen, die noch nicht mal schauen können. Weil sie weder Augen noch Lider haben. Sondern nur schwarze augapfellose Höhlen.
Trotzdem starren die Wesen. Und böse obendrein.
Das Baby plärrt. Wie Babys halt so plärren, wenn sie ihre eigene Stimmkraft entdecken und stolz beschließen, in dieser Lautstärke noch möglichst lange weiterzumachen.
Eines von ›denen‹, das sich eben noch an Vatis Bier gütlich getan hat, tapert langsam auf die Eltern zu. Seine Fußknöchel klirren auf den Fliesen des Küchenbodens.
In das Klirren hinein, in das Babyplärren hinein flüstert Vati: »Wo die bloß hergekommen sind?«
»Als ob grad das jetzt wichtig wär!« faucht Mutti.

»Die Wohnungstür war ja auch weit genug offen, oder? Und wer hat sie offen gelassen? Unser Held natürlich! Will Haushaltsvorstand sein und denkt nicht an die einfachsten Vorsichtsmaßregeln in der Stunde der Gefahr!«

Das Baby ist in Hochform. Blaurot im Gesicht gibt es sich dem Gebrülle hin.

Das Wesen (das mit den klirrenden Fußknöcheln) steht jetzt dicht vor Mutti. Die hebt ihren Schreihals hoch. So hoch sie kann.Und der brüllt weiter, da oben.

Das Wesen knurrt. Wie ein Hund ... oder doch nicht ganz so wie ein Hund, sondern spitzer und knarziger. Etwa so, wie ein Maikäfer knurren würde, wenn er könnte.

Zwei, drei, andere von ›denen‹ hören das. Obwohl sie ohrlos sind. Auch sie tapern auf Mutti zu, klirrend. In ihren Magensäcken gurgelt die Milch, die sie sich vorhin eingeflößt haben.

Da dreht Vati durch.

Er versetzt dem ersten Gerippezwerg eins über den Schädel. Mit dem Besen. Und ist draußen bei der Tür.

Mutti will hinterher, mit dem Baby auf dem Arm. Sie aber hat weniger Glück mit dem Abgang und schlägt die rettende Tür mit dem Rücken zu. Da sind ›die‹ auch schon über ihr ...

»Emmi!« Vati rüttelt an der Tür.

Etwas berührt seinen Arm. Er fährt herum, schlägt zu mit dem Besen. Kantige Gegenstände poltern zu Boden.

»Aber Herr Schmerling! Geben Sie doch Obacht!«

Der Ausfahrer von der Kupferkopf-Firma. Vati hat ihm einen Stapel Kartons aus der Hand geschlagen.

»Wer wird denn gleich mit dem Besen zuhauen, Herr Schmerling! Bin ich vielleicht ein Einbrecher? Die Wohnungstür ist doch sperrangelweit offen.«
In der Küche gehts drunter und drüber. Vati horcht.
Der Ausfahrer kniet und klaubt die Kartons zusammen.
«Jaja die Kinder. Alle naslang eine Rauferei, was? Ich kenn das.«
Es hört sich an, als würden in der Küche Holzscheite durcheinandergeworfen.
»Sie tun das einzig Richtige, wenn Sie sich da raushalten, Herr Schmerling.«
Das, was klingt wie Holzscheite, prasselt innen gegen die Tür.
»Ich sag immer zu meiner Frau: ein Erwachsener richtet da eh nichts aus, wenn er als Friedensstifter auftreten will.«
Drei dutzend Panther, scheints, fauchen in der Küche.
»Die Rasselbande macht so was bloß noch hitziger.« Der Ausfahrer stopft eine Rolle grünen Stoffs zurück in eine Schachtel. »Am besten, die machen es unter sich aus.«
Die schauerliche Abart eines Ziegenmeckerns dringt aus der Küche.
»Danach sind sie dann immer umso friedlicher.« Der Ausfahrer hat alle Kartons eingesammelt und steht auf.
»Ihre Frau ist im Wohnzimmer, vermutlich?«
Vati drückt das Ohr an die Küchentür: warum um alles in der Welt schreit das Baby nicht mehr?
Der Ausfahrer denkt sich seinen Teil über Vati und geht zum Wohnzimmer. Er kennt sich ja aus bei den Schmerlings. Jeden Mittwoch liefert er frisches Material an von der Firma. Jeden Mittwoch nimmt er fertig eingekleidete Kupferköpfe wieder in Empfang.

Jahraus, jahrein. Da wird man automatisch vertraut mit den Leuten. Da gehört man bei denen zum Alltag und wundert sich über gar nichts mehr.
Zum Beispiel darüber, daß da einer an der Schlafzimmertür hockt, der erstaunlich weit von seinem Kopf entfernt ist. Die Leute werden schon wissen, wozu das gut sein soll.
Der Ausfahrer wundert sich auch nicht, daß Mutti nicht im Wohnzimmer ist. Warum soll die gute Frau nicht mal frische Luft schnappen. Malocht eh den ganzen Tag an der Nähmaschine.
Er stellt ihr die mitgebrachten Kartons so hin, daß sie sie gleich griffbereit hat. Da ist Tuch drin für die Mäntel und Leder für die Schulterhalfter und Garn und Druckknöpfe und was man halt so alles braucht zu einem kompletten KÖNIG KUPFERKOPF aus bruchsicherem Polyester. Dem *wahrhaft ritterlichen Spielzeug, das in die Hand eines jeden echten Jungen gehört.*
Der Ausfahrer schätzt ab, wie oft er zu gehen haben wird, um die Kartons mit den fertigen Kupferkopf-Kleidern runterzuschaffen. Das halbe Wohnzimmer ist damit zugestapelt. Fleißige Frau! Er wird elfmal gehen müssen, bis er alles im Auto hat.
Als er das sechste Mal die Treppe runter geht, fällt ihm ein: komisch, da war doch was im Wohnzimmer von den Schmerlings, was vorher nicht war. Aber beim Wiederraufsteigen hat er es vergessen.
Erst beim zehnten Mal erinnert er sich wieder. Als er grade Kartons in sein Auto schiebt. Da war was mit den Musterpuppen.
Die sonst auf der Wohnzimmeranrichte stehen.
Daß die Leute so umgehen mit den Puppen! Die sind

schließlich Eigentum der Firma. Werden vom Werk gestellt, als Modell. Müssen nach Beendigung des Arbeitsverhältnisses in neuwertigem Zustand zurückgegeben werden.
Und trotzdem haben da doch tatsächlich Pfeile gesteckt in den Puppen. Richtig lange Dinger. Mit Federschwanz. Wie man sie so kennt ausm Western. Von den Indianern.
Wer die bloß da reingeschossen hat?
Als der Ausfahrer wieder ins Wohnzimmer kommt, sieht er, wers war: Drei Kerle, die in der dunkelsten Ekke vom Wohnzimmer stehen, und die Kupferköpfe auf der Anrichte mit Pfeilen durchsieben. Er ist beruhigt. Bestimmt wieder so ein neuer Hirnfurz von der Entwicklungsabteilung in der Firma.
Auf was die Brüder in der Entwicklungsabteilung bloß alles verfallen. Stellen nun schon Bogenschützen her in Lebensgröße. Und was für Ottos! Jeder hat nur ein Auge. Mitten auf der Stirn. Ganz schön pervers für Kinder. Ganz schön schaurig. Obwohl das mit dem einen Auge auch wieder seinen Sinn hat. Denn beim Zielen stört einen Bogenschützen das zweite Auge ja doch nur. Und treffen tun diese neuen Modelle ja. Die Kupferkopf-Puppen haben sie mit ihren Pfeilen an die Wand genagelt, daß es ein Graus ist.
Daß durch das offene Wohnzimmerfenster nicht nur drei, sondern unzählige Bogenschützen hereinklettern, sieht der Ausfahrer nicht mehr. Er ist schon draußen auf dem Flur.
An der Küchentür Vati. Zusammengesackt.
»Jetzt nehmen Sie es doch nicht gleich so tragisch, Herr Schmerling, wenn Ihre Kinder sich mal klopfen.« Ein

Röcheln dringt aus der Küche. »Obwohl ich finde, die könnten allmählich mal Schluß machen da drin.«
Der Ausfahrer holt einen Quittungsblock aus der Tasche. »Unterschreiben Sie mir die Lieferung für diese Woche? In Vertretung von Ihrer Frau? Hier, bittschön.«
Aus der Küche ein Schrei. Eindeutig aus Muttis Kehle.
»Ihre Frau ist also doch da! Warum sagen Sie das denn nicht gleich, Herr Schmerling?« Der Ausfahrer drückt auf die Klinke der Küchentür.
Mutti steht in Fetzen da und mit zerkratztem Gesicht. Sie zwingt mit beiden Armen je ein Gerippe auf die rotglühenden Platten des Elektroherdes.
Der Ausfahrer steigt über ausgerenkte Knochen hinweg. »Ihre Unterschrift brauch ich noch, Frau Schmerling. Die Ware ist schon unten im Auto.«
Der Ausfahrer hält Mutti Kugelschreiber und Quittungsblock hin. Müssen die von der Firma die arme Frau auch noch die neuen Spielfiguren testen lassen! Als ob die nicht auch in der Entwicklungsabteilung ausprobieren könnten, wie hitzefest ihre Plastik-Männekens sind.
Der Ausfahrer packt eines der Gerippe, das gerade unter dem Küchentisch durchkrabbelt.
»Lassen Sie die Finger davon, Mensch!« entsetzt sich Vati.
»Seien Sie doch nicht gleich so nervös, Herr Schmerling. Ich mach Ihnen schon keins kaputt. Ich weiß doch wie pingelig die bei uns in der Entwicklungsabteilung sind.«
Er hebt das Gerippe hoch. »Ich frage mich bloß, wer soll so ein Scheusal eigentlich kaufen. Das ist doch der reine Kinderschreck.«

Das Gerippe zappelt. »Aua! So ein Biest!« Der Ausfahrer schleudert das Wesen in hohem Bogen von sich. »Das ist ja gegen alle Sicherheitsbestimmung, daß man auch noch verletzt wird von so einer Geschmacklosigkeit. Was sich die Kinder da alles antun können ... die spinnen vielleicht manchmal bei uns in der Firma!«
Er tupft mit einem Papiertaschentuch die Schramme, die das Wesen ihm riß. Wütend steckt er den Quittungsblock ein: »Hat ja Zeit bis nächste Woche mit der Unterschrift. Mahlzeit!« Lädt sich die letzten Kartons auf und will hinaus zur Wohnungstür.
Vati hält ihn auf. »Helfen Sie uns. Wir sind am Ende.«
»Sie sind vielleicht gut, Herr Schmerling. Ich bin als Ausfahrer angestellt und nicht als Stütze für die Heimarbeiter.«
»Wir ... wir bewältigen das alles nicht mehr.« Vati weist schlaff auf den Sabberbabbelkopf. Auf den Rumpf, der an der Schlafzimmertür hockt. Auf die Scheusalsgerippe in der Küche. »Es ist einfach zu viel.«
»Das seh ich. Aber warum muten Sie sich auch so einen Haufen zu. Es muß jeder selber einschätzen, wieviel Heimarbeit er bewältigen kann.«
»Aber das ist doch keine Heimarbeit!« Vati wird hysterisch. »Das sind Eindringlinge – aus einer andern Welt!«
Der Ausfahrer hört das nicht mehr. Er ist froh, sich durchs Treppenhaus davonmachen zu können. Ganz schön überdreht, der Schmerling, denkt er.
Haben aber selber schuld, die Leute. Warum lassen sie sich nicht Schlümpfe zuteilen zum Zusammennähen? Dann hätten sie garantiert Ruhe in ihrer Wohnung.

Mutti kauert an der Spüle, keuchend.
Vati kriecht ran an sie. »Emmi, Schatzimaus!« Er küßt ihre Hand. »Du hast gekämpft wie ein Mann.«
Mutti zieht die Hand weg. »Du allerletzte Null du.«
»Aber Emmi. Du solltest nicht so hart urteilen. Schließlich hab ich Verstärkung gesucht. Beim Ausfahrer. Aber der ...«
»Ich brauch einen Schnaps.«
Vati balanciert angewidert über die Gerippe weg. In einer zerbrochenen Flasche findet er einen Rest Himbeergeist. Während Mutti trinkt, streicht er ihr übers Haar.
Sie haut seine Hand weg. »Ich brauch noch einen.«
Da schlägt zwischen ihnen ein Pfeil ein.
Aus dem Wohnzimmer quellen die Einäugigen. Mutti ist sogleich wieder auf den Beinen, rafft das Baby an sich.
»Den Tisch, Willi, schnell den Tisch!«
Vati stellt den Küchentisch hoch, und schon schnellen Pfeile hinein.
»Womit haben wir das nur verdient, Emmi! Das sind ja biblische Heimsuchungen.«
»Verschon mich jetzt bloß mit deinen Wehleidigkeiten, du Jammerschniffel! Gib mir den Raumspray, schnell! Unter der Spüle ist er, im Putzschrank ... na mach schon!«
Vati kriecht zur Spüle und kramt im Schränkchen. Ein Pfeil surrt über ihm ins Holz ... er hat schon keinen Schweiß mehr, der ihm noch ausbrechen könnte.
»Und nicht mal ein Schutzhelm ist im Haus!« stöhnt er, als er zu Mutti zurückrobbt. Die hält den Einäugigen die Sprayflasche entgegen wie einen Colt.

Lavendelwolken zischen. Die Einäugigen husten. Reiben sich die Einaugen. Flüchten ins Wohnzimmer.
»Siehst du! Ich hab gleich drauf spekuliert, daß die Saukerle die Duftnote nicht verknusen können!«
Vati hat sich wieder eingekriegt. »Du schaust hinreißend aus im Gefecht. Meine Jeanne d'Arc du.« Er will sie küssen.
Wieder surren Pfeile. Nun aus der anderen Richtung.
»Dreh den Tisch, Willi, gib Deckung!« Durch die Glastür vom Küchenbalkon dringen Einäugige. Sie sind über die Brüstung geklettert. Es sind nicht dieselben wie eben. Sie riechen nicht nach Lavendel. Noch nicht ...
»Los, ins Bad!« hechelt Mutti in Lavendelschwaden. »Das ist der einzige Raum, der wo noch sicher ist.« Sie deckt den Rückzug mit kräftigen Brisen aus der Sprayflasche.
Im Bad schiebt Vati den Riegel vor. Keinen Augenblick zu früh, denn von draußen wummerts dagegen. Vati verbarrikadiert die Tür mit der Waschmaschine, sackt zusammen.
»Flüchtlinge in der eigenen Wohnung! Weit ist es gekommen.«
»Lamentier nicht.« Mutti legt das Baby in die Badewanne. »Hilf mir lieber.« Sie wühlt in den Regalen.
»Was suchst du denn?«
»Waffen natürlich. Damit wir uns verteidigen können, wenn sie wieder über uns hereinbrechen.« Auf dem Klodeckel legt sie zwei Flaschen mit Haarspray zurecht, eine lange Schere und den Klostampfer.
»Ich glaub nicht, daß sie es noch mal probieren, Emmi. Horch doch, wie still es geworden ist in der Wohnung.«

*Aber das sollte sich bald als verhängnisvolle – Fehleinschätzung erweisen.*
*Denn während die Eltern miteinander sprachen und sich in Sicherheit wiegten, weil kein neuerlicher Ansturm auf die Tür geschah, griff das Verhängnis von gänzlich anderer, unerwarteter Seite nach ihnen.*
*Die Zimmerdecke ward beiseite geschoben. Eine haarige Hand erschien. So gewaltig waren ihre Ausmaße, daß sie schier von einer Wand zur anderen reichte. Allein so riesenhaft sie auch gestaltet war, so lautlos und behende glitt sie hinab in den engen Raum.*
*Arglos saßen die Eltern auf dem Rand der Badewanne, in welchem ihr Kind lag und wendeten ihm die Rücken zu.*
*»Es hört sich an, als wenn sie sich gar zurückziehen, die Monster«, sagte der Vater. Und während die Mutter ihm entgegnete »Es kann genauso gut die Ruhe vor dem Sturm sein«, schwebte die Hand kaum eine Katzenkopfbreite über ihnen. Daumen und Zeigefinger ergriffen das Kind.*
*Der Luftzug der sich wiederum nach oben hebenden Hand streifte die Mutter. Sie fuhr herum und …*

Die Tür des Lehrerzimmers knallt zu. Herr Wohlgehagen schmeißt – peng! – einen Stoß Hefte auf den Tisch. Scharf neben Herrn Pakusius, der weltentrückt weiterliest:

*… griff mit dem Schrei der äußersten Verzweiflung nach der Riesenklaue. Sie bekam ein Büschel des drahtigen roten Haarfilzes zu fassen, der die abscheuliche Pranke über und über bedeckte.*

*In ohnmächtigem Zorn grub sie ihre Zähne in die Hautkruste des Ungeheuers.*

Herr Wohlgehagen schlägt ein Heft auf.
»Seit dem Schauspiel mit diesem ... diesem Kupferjohnny entgleitet mir meine Klasse völlig. Da reißen Zustände ein, wie sie früher nicht einmal in Ihrer 5e denkbar gewesen wären, Herr Pakusius.«
Wohlgehagen sucht den Streit. Wohlgehagen will sich abreagieren. Wohlgehagen ist stocksauer.
Aber Pakusius liest –

*Dem Vater wollte es das Herz zerreißen. Sein Liebstes sah er, selbst zu zwergischer Hilflosigkeit verdammt, einem unsicheren Schicksal entgegenschweben.*
*Unversehens kochte Löwenmut in ihm auf. Mit einem nahezu tierhaften Schrei schwang er sich auf zu einem gewaltigen Sprung und hängte sich in die Zotteln.*

Herr Wohlgehagen korrigiert. »Wie rettet sich der bedrängte Pädagoge in so einem Fall? Er zieht die Notbremse und läßt eine Ex schreiben. Aug um Auge. Zahn um Zahn. Und genießt seine Rache kalt.«
Schlimm lächelnd malt Wohlgehagen mit rotem Filzstift in dem Heft herum. »Zwei ... drei ... fünf Rechtschreibfehler in einer einzigen Zeile. Freu dich Freundchen, auf deine Versetzung! Wer ist denn der Geistesrecke?«
Er schaut auf dem Heftumschlag nach. »Der Neumeier natürlich. Vater ungelernter Hilfsarbeiter bei Siemens. Da sieht man doch mal wieder, daß sich Leerstellen im Gehirn zwangsläufig vererben. Das ist doch auch Ihre Auffassung Herr Pakusius? !«

Herr Wohlgehagen weiß, daß er auf Pakusius' heiligsten Grundsätzen herumtrampelt wie das Nashorn auf Sahnetörtchen. Diesmal aber steigt Pakusius nicht drauf ein –

*Vergebens versuchte die Pranke die beiden Menschlein abzuschütteln. Gnadenlos wurden ihre Leiber gegen die Wände des Badezimmers geschleudert.*
*Sie aber klammerten sich nur umso verbissener fest.*
*Die Pranke flog hinaus in die Nacht und vor eine widerwärtige Fratze hoch über den Dächern. Felsengroße Hauer dräuten den Eltern entgegen. Als jedoch das triefende Maul sich auftat, um sie zu verschlingen –*

»Ich behaupte: bei Proletenkindern ist sowieso von vornherein Hopfen und Malz verloren«, brüllt Herr Wohlgehagen. »Wird Zeit, daß Sie sich auch zu dieser Einsicht bekehren, Sie sogenannter Kollege!«

*– landet König Kupferkopf mit seinem Roß auf der Schulter des Riesen.*

»Endlich!« jubelt Pakusius.
Herr Wohlgehagen ist völlig perplex. »Wie bitte?«

*Die Lüfte hallten nun wieder vom Kampf der ungleichen Gegner. Im Blutgesange erdröhnend tat Dulyla sein heldisches Werk.*

Aber Pakusius winkt nur leichthin mit der Hand und gibt zu verstehen, daß er keine Störung wünscht –

*Aus den Fenstern der benachbarten Häuser starrten die Bürger hinauf. Ihnen und den ihrer Sinne kaum noch mächtigen Eltern wollte es scheinen, als könnte König Kupferkopf diesmal nie und nimmer siegreich sein ...*
*Dennoch, und auch diesmal: Der König triumphierte ...*

## 18

Die Siegesfeier findet auf dem Flur statt.
Denn der ist noch am wenigsten mitgenommen. Mal abgesehen vom Kopf des Kopflosen. Der da noch immer liegt und sabberbrabbelt.
Der König dreht seinen Schild um, schleudert seine Augenblitze in die Wölbung und entfacht so zur Siegesfeier das Siegesfeuer. Die Königsfreudenfeuerpurpurflammen lodern bis hoch zur Decke.
Da muß der Kopf des Kopflosen aber die Staune-Augen aufreißen! Und ein tonloses Gelächter aus seinem Sabbermaul hüpfen lassen.
Vati gibt preis, daß er hier und da in der Wohnung ein bißchen Whisky versteckt hat und ein wenig Wacholderschnaps. Vor Mutti. Und Mutti gibt preis, daß sie in der Wohnung hier und da ein wenig Kräuterlikör versteckt hat und ein bißchen Süßwein. Vor Vati.
Das wird nun alles zusammengeschüttet zum Siegestrank.
Mutti zieht ihr bestes Kleid an, das sonst nur bei Feiertags-Spaziergängen zum Vorschein kommt. Auch Vati zieht an, worin er sich am bombigsten vorkommt: die

Kluft, in der er sonntags Fußball spielt. Mutti begießt sich so verschwenderisch mit Parfüm, daß alle Mitfeierer in träumerische Benommenheit taumeln. Sogar der Kopf des Kopflosen schnoffelt und verdreht die Glotzaugen, bis nur noch das Weiße darin zu sehen ist.
Der Trank geht reihum.
Daß Wacki reichlich davon abbekommt, versteht sich. Daß das Baby leer ausgeht, liegt nur daran, daß man ihm nichts einflößen kann, weil es gerade unabkömmlich ist: Wacki und Vati und der König wurfballern es sich quer übers Feuer gegenseitig in die fangbereiten Hände.
Und daß der Kopf des Rumpflosen getränkt wird, gebietet schon die Großherzigkeit, die den Sieger ziert. Er pichelt gierig. Er pichelt lange. Er ist der erste, der einen Rausch hat.
Bäche sabbernd, grölt er Gesänge, die ohrenzerfetzend wären, wenn man sie hören könnte. Zu ihren immer wilderen Rhythmen und Melodien, den lautlosen, beginnen die Feiernden immer wildere Tänze.
Ihre Schatten schwellen und schwinden über Decke und Wände. Wacki wirds torkelig im Kopf, wenn er diesem wonnevollen Gewaber zuschaut. So wird es von nun an immer bei uns sein, denkt er. Tagsüber siegen wir bis zum Umfallen und abends machen wir eine Fete.
In einem Geschlinge aus Baby und Kupferpanzer und Vatibeinen und Muttibusen und Pferdeleib und Sabberschlappermaul sinkt die ganze Gesellschaft in Schlaf.
Zwei Stimmen flüstern noch in dem glücklichen Gebirge aus Schläfern. »Du Willi?«
»Hm?«
»Was heut los war, das war genau das, wo ich mir mit acht Jahren vorgestellt hab, daß es los sein soll.«

# 19

»Und wo stellen wir den Gaul hin?«

Die Eltern machen klar Schiff in ihrer Wohnung, so gut es eben geht. Auf nackten Füßen steigen sie über den schlafenden Wacki, den schlafenden König, das schlafende Baby.

»Auf den Küchenbalkon. Da nimmt er keinem den Platz weg.«

Auf dem Weg durch die Küche legt Vati dem Roß vor jedem Schritt einen Bierdeckel unter die kupfernen Hufe. Damits nicht klappert auf den Fliesen.

Als er Symopox auf dem Balkon zurechtstellt, spricht ihn einer vom gegenüberliegenden Balkon aus an. »Alle Achtung für Ihren Luftkampf, Herr Schmerling!«

Es ist der Simoleit. Der Mutti immer abkanzelt, wenn Wacki mal wieder zu laut die Treppe runtergerannt sein soll. Das Abkanzeln besorgt der Simoleit stets so laut, daß sogar die Mieter oben im Dachgeschoß nach Ruhe zischen.

Und genau der steht jetzt mit Engelsantlitz auf seinem Balkon. »Ich hab Sie gefilmt dabei. Weil, das ist doch ein erstrangiges Andenken für den Wacki, wenn er in dreißig Jahren noch anschauen kann, wie seine Eltern mit einem Riesen ringen!«

»Wir haben ja so gezittert um das Baby!« mischt sich Frau Gommermann aus dem zweiten Stock ein. Aus dem Klofenster hängend erkundigt sie sich, ob das arme Wurm nun nicht vielleicht einen Schock weg hätte fürs Leben.

»Wie Sie da überm Hausdach fast zum Futter geworden wären für dieses Monstrum, da hats mir einen Stich ins

Herz gegeben und mein Mann mußt mich auffangen«, steuert Frau Birkenbiel aus dem vierten Stock bei. Trotzdem, versichert sie, hätte sie tapfer die weiteren Kampfhandlungen beobachtet. Mit dem Fernglas. Bis zum Schluß.

»Es wär ja so eine Ehre für uns, wenn unser Klausi einmal auf das kupferne Pferd steigen dürft, nur einmal!« ruft der Hausmeister aus der Garage herauf.

All den andern wärs nun auch eine Ehre, wenn. Und ob sie nur mal ganz kurz sehen könnten, wie. Und sie würden auch gleich wieder, wo doch. Aber sowas gäbs eben nicht alle Tage, drum. Und Schmerlings hätten doch nichts dagegen, daß.

Und zwar jetzt gleich sofort.

Da klingelt es auch schon. Jeder von denen, die sich selbst eingeladen haben, bringt ein Gefolge von Neugierigen mit, die sich gar nicht erst eingeladen haben. Und von denen hat auch wieder jeder einen Troß von Leuten, die vor lauter Schaulust hitzig sind. Und von denen wieder hat jeder eine Horde mitgebracht, die ...

Im Handumdrehen entsteht im Flur ein Heckmeck wie auf einer Kreuzung nach Büroschluß. »Ruhe da hinten!« wird gezischelt. »Sehn Sie nicht, daß der Kupfermann noch schläft?!«

»Und der Junge in seinem Schoß. Eine ergreifende Gruppe.«

»Wie Mutter Maria mit ihrem Sohn auf den Knien. Was schätzen Sie, wieviel Zentner Kupfer der Ritter wohl so mit sich rumträgt?«

»Von dem würde ich mich auch mal gerne retten lassen. Ob der wohl Vorbestellungen entgegennimmt für den Fall, ich hab ihn mal nötig?«

»Walter, laß das Schwert liegen! Das braucht der Onkel noch.«

Da stecken ja noch Pfeile in seinen Armen! Eigentlich ist das alles ja viel zu gruhlich für Kinder. Wenn so was im Fernsehen kommt, schalte ich ab und sag zu den Meinen: ›Macht lieber Laubsägearbeiten!‹«

»Du sollst das Schwert liegen lassen, Walter! Der Onkel braucht das noch.«

»Einer ohne Kopf und einer ohne Rumpf, und dann die Skelettzwerge und diese Einäugigen und der Riese von heut nacht – der Kupferritter scheint ja förmlich Monster anzuziehen! Da muß man ja gewärtig sein, daß gleich das nächste Scheusal ankommt. Laß uns bloß schnell hier verschwinden.«

»Hab ich nicht gesagt, du sollst das Schwert liegen lassen, Walter?«

»Ach, würden Sie mal beiseite gehen, ja? Susanne, nun stell dich mal schön vor diesen Sabberkopf da hin. Susanne, wo bist du denn! Ja, da. Leg schön die Hand auf seine Nase ... wirds bald? Was heißt da ›Der Kerl is eklich‹! Das gibt doch'n schnuckeliges Foto für Oma, zum Geburtstag!«

»Entweder du läßt jetzt das Schwert endlich liegen, oder –«

»Mein Mann sagt grade, daß im Klo ein Riesenloch ist in der Decke vom Luftkampf. Das muß ja peinlich sein für die Schmerlings, wenn mal einer muß.«

»Das Gerippe läßt du auch liegen, Walter. Das braucht der Onkel noch.«

»Aber wozu denn?«

Ja, wozu? Von Mutti erfährt Walters geplagter Vater, er möge das Schreckensding doch bloß einpacken. Nun

will jeder ein Andenken haben.
Die Gerippe gehen weg wie warme Semmeln. Auch die Einäugigen finden reißenden Absatz. Fast gibts eine Keilerei, als man unter dem Elternbett einen letzten Einäugigen entdeckt, der sich dort die ganze Nacht lang versteckt hat.
Der wird nun hervor- und herum- und hin- und hergezerrt, so daß ihm vor dem Einauge schwarz wird. Vati muß als Schiedsrichter eingreifen. Er entscheidet zugunsten des Hausmeisters.
Streit entbrennt auch um Kopf und Rumpf des Kopflosen.
Die einen argumentieren: auf einen Rumpf gehört ein Kopf, sehen Sie *mich* an! Also darf der Kerl nur komplett verschenkt werden.
Quatsch, sagen die andern. Der Kerl ist in zwei Teilen hier angekommen. Also darf er auch extra verschenkt werden.
Die Oberhand behalten die Anhänger der Der-Kopf-gehört-auf-den-Rumpf-Theorie. Wenn man nämlich den Rumpf kitzelt, kichert fünf Meter daneben der Kopf. Und *den* Spaß soll man den Kindern nehmen?
Das überzeugt alle.
Der Kopf des Kopflosen kichert sein tonloses Gekicher, als er die Treppe runtergerollt wird und von Stufe zu Stufe springen darf.
Als man mit vereinten Kräften den Rumpf des Kopflosen hinauswuchtet ins Treppenhaus, kommen die Gastarbeiterskinder aus dem Erdgeschoß an.
»Bitte anschauen rotes Ritter was hat gemacht Kampf mit Riese«, bettelt Angellina. Die aus der Klasse unter Wacki.

»Hier nix zu sehen. Ab mit euch!« mieft Mutti.
Und während sie mithilft, die grüngeschuppten Riesengliedmaßen des Rumpflosen aus der Wohnungstür zu schieben, sagt sie zu Vati:
»Man weiß doch nie bei diesen Ithakerkindern, ob sie einem nicht was Ekliges in die Wohnung schleppen!«
Da beginnt das Schwert Dulyla zu singen ...

## 20

Es fängt an mit einem schwarzen Schrei.
So finster und so schwarz wie das Rauschen, das im Weltall gewesen sein muß, ehe die Welt erschaffen wurde. Und dann mischt sich so etwas wie ein Klirren in den schwarzen Schrei, und die Eltern beginnen, auf dem Bildschirm etwas zu sehen: eine Wolkenwand, die grau und blau durcheinanderwabert.
Eine Trompete klagt von irgendwoher, und es klingt wie ein Hilferuf.
Mit einem Mal blinkt mitten in den Wolken etwas auf. Verschwindet wieder. Blinkt wieder. Wird größer. Etwas wie eine rote Flamme. Die Flamme durchstößt die Wolken.
Aber es ist keine Flamme. Es ist –
»Willi, schau! ER leibhaftig!«
Das Licht brennt rot auf seiner Rüstung, auf seinem Roß, auf seinem metallenen Gesicht. Er galoppiert vorwärts, direkt auf die Eltern zu.
Vati schauerts. »Es geht einem durch und durch. Grad, wenn man ihn persönlich so hautnah kennt.«

»Wenn er wüßte, daß du früher um die Zeit immer aufm andern Kanal deine Sportschau angehabt hast ...«
»Aber Emmi, jetzt wärm doch das nicht wieder auf.«
»Weils wahr ist. Wenn du dem Buben nicht immer vorenthalten hättst, daß er sich die Serie anschaut, dann wär uns allerhand erspart geblieben.«
»Wenn wenn wenn«, mault Vati. Wenn du deine Plastikpuppen da endlich wegräumen tätst, dem König aus den Augen!«
»Gegen die kann er doch nix haben. Das sind doch seine Ebenbilder.«
»Seine Ebenbilder, daß ich nicht lach! Rundweg eine Beleidigung seiner Majestät sind sie. Auf eine Stufe stellen sie ihn mit der Mickimaus.«
»Aber Willi. Ich brauch sie doch bei meiner Heimarbeit.«
»Das ist es ja eben. Deine Heimarbeit! Der König begibt sich in tödlichste Gefahr wegen uns und kämpft gegen die Ausgeburten der Hölle – und wenn er dann Feierabend macht nach seinen strahlenden Siegen? Dann kann man ihn nicht einmal in unsere gute Stube bitten, weil er da über deinen Heimarbeit-Kram stolpert. Über deine Mäntelchen und Miniaturhosen. Er muß ja allmählich glauben, wir halten ihn für einen Gartenzwerg!«
»Aber das ist doch Broterwerb für uns!«
»Schlimm genug. Geld verdienen an der Majestät! Ein Wunder nur, daß er sein Schwert nicht gegen uns richtet in heiligem Zorn.«
»Ja, wenn du es so siehst.« Im Nu sind Stoffballen, Puppen und Nähsachen weggeräumt. Als Mutti auch noch

die Nähmaschine in die Ecke geschoben und unter einer Häkeldecke versteckt hat –

– rückt auf dem Bildschirm der König nah heran. So nah, daß Vati unwillkürlich zurückweicht. Die Kerben in der Kupferhaut des Königs sind lang wie Finger – vernarbte Erinnerungen an zahllose, siegreich bestandene Kämpfe.

Nun dreht er den Kopf. Er sieht die Eltern an. Nicht, daß er lächelt dabei. Aber in sein Gesicht fällt so etwas wie die Wärme des Wiedererkennens.

»Schau Emmi, er nimmt es günstig auf, daß der Kickikram weg ist.«

Mutti streicht sehnsüchtig mit der Hand über den Bildschirm. Und dreht den Kopf so, daß ihr Mann nicht sieht, wie innig sie das Bildschirmgesicht des Königs küßt.

## 21

Als König Kupferkopf an diesem Samstagabend seine Fernsehabenteuer erlebt –

– sagt eine Frau zu ihrem Mann: »Rück doch unsern dicken Sabberbrabbelkopf ein bißchen ran an den Apparat. Er soll auch was sehen, wo er doch schon mal selber bei sowas mit dabei war!«

– plustern sich zwölf Mütter auf: »Und unser Kleiner durfte sogar auf seinem kupfernen Pferd sitzen!«

Als der Zauberer Gorrmayquatl den Felsboden verhext und eine Schlucht auf Kupferkopfs Weg aufreißen läßt, damit dieser sich zu Tode stürze –

– sagt Herr Simoleit von nebenan befriedigt zu seiner Frau: »Siehst du, Gerda, das hätt uns auch passieren können neulich in der Nacht, wo doch der Riese schon das halbe Dach abgedeckt hat im Nachbarhaus!«

Als die fliegenden Dgullals, Riesenkrebse mit Schmetterlingsflügeln, dem König auflauern –

– deutet der Sohn des Hausmeisters auf den Fernseher und sagt zu dem einäugigen Bogenschützen: »Jetzt bist du neidisch, was? Weil die noch greuslicher sind als wie du?!«

– ruft die Lehrerin Steffen von der 4a ihren Mann aus dem Bastelkeller hoch: »Mir ist es allein nicht geheuer.«

Als die fleischfressenden Grusgramonen aus der Erde wachsen und ihre Fangarme nach dem König ausstrekken –

– beschließt Herr Geierwein, der Turnlehrer: »Ich werde den Kupfermann ersuchen, an unserm nächsten Baseball-Training teilzunehmen.«

– ruft der Mann der Lehrerin Steffen von der 4a seinen Steuerberater an: ob er nicht schnell rüberkommen könnte, es sei ihnen allein nicht mehr geheuer vor dem Fernseher.

Als die Solarbaden den ahnungslosen König in die unendlichen Höhlen von Syrtans gelockt haben, in denen kein anderer haust als der schreckliche Ruzd ud Ruzd –

– muß der Rektor grinsen: »Wenn wir unsere Rasselbande mal in diese Höhlen führen würden beim nächsten Schulausflug, dann wär die Disziplin hinterher eine Weile lang tadellos!«

– klopft der Steuerberater des Mannes der Lehrerin Steffen von der 4a bei den Nachbarn: ob es den Herrschaften was ausmachen würde schnell mal rüberzukommen, denn es sei ihm allein nicht mehr geheuer vor dem Fernseher.

Und als zum guten Ende trotz allen Gezitters und aller naßgeschwitzten Unterwäsche durch König Kupferkopf wieder einmal das Gute leuchtend gesiegt hat und das Böse bestraft, bloßgestellt und ausgetrieben ist –

– heben acht Dutzend Väter ihre Söhne zu sich hoch und lachen: »Versprichst du mir, Sohnemann, daß du auch mal so'n Kerl wirst wie der Kupferkopf?«
– denken acht Dutzend Söhne: »Wenn bloß mein Vater auch so'n Kerl wäre wie der Kupferkopf!«
– bestürmen Frauen ihre Männer: »Also diesen hochinteressanten Menschen müssen wir unbedingt mal zum Kaffee einladen!«
– wuschelt die Lehrerin Steffen von der 4a ihrem Mann in die Haare: »Na du Angsthase du – ausgelitten? Dabei war es mir doch schon von Anfang an klar, daß das Abenteuer gut ausgeht!«

## 22

Als der König mit Symopox auf dem Küchenbalkon aufsetzt, stehen Vati und Mutti schon bereit und machen Männchen. Wie die Oberkellner.

»Sie werden ruhebedürftig sein«, dienert Vati.

Kein Wunder nach so einem Streß mit dem Zauberer orrmayquatl und den fliegenden Dgullals und den

fleischfressenden Grusgramonen«, mischt Mutti sich ein.
»Geh, Emmi, das brauchst du doch nicht alles aufzählen. Majestät weiß doch selber, was er alles vollbracht hat.«
»Ich wollt ja nur ausdrücken, daß wir aufmerksam jede Einzelheit genossen haben, diesmal. Als Zuschauer hat man doch eine ganz andere Muße beim Beobachten, als wenn man selber Mitwirkender ist, so wie wir beim letzten Mal.«
Wacki ärgert sich, daß seine Eltern den König derart für sich beanspruchen. Er packt seine Hände, streift ihm die Panzerhandschuhe ab, zieht ihn aufs Küchensofa, gürtet ihm das Schwert ab, rafft ihm den Mantel von den Schultern. Weiter kommt er nicht.
Denn Vati zieht den König wieder hoch. »Wär ja noch schöner, wenn Majestät sich andauernd in der Küch aufhalten täten.«
»Das ist doch nicht standesgemäß.« Mutti faßt den König unter und schleppt ihn zum Wohnzimmer.
Wacki trampelt vor Zorn. »Ihr dürft ihn mir nicht wegnehmen!« schreit er. »Wo er doch ganz allein bloß wegen *mir* gekommen ist!«
Mutti schiebt Wacki weg. »Aber er ist doch unser aller Gast!«
Wacki wirft sich dem König vor den Bauch, hält damit die Abschlepperei auf, schaut zum König hinauf. »Sag ihnen, daß du bloß meinetwegen gekommen bist!«
Der König lächelt auf ihn herab, alt wie die Welt. »Ich weiß nicht, wovon mein Sohn redet.«
Jetzt fängt der schon wieder auf *die* Tour an! Bockig schüttelt Wacki sich des Königs Kupferhand vom Scheitel. Bleibt zurück im Flur und schaut mit an, wie sie den

König ins Wohnzimmer bugsieren und auf das Kanapee nötigen.
»Ein Bad wäre jetzt genau das Richtige für Majestät«, säuselt Mutti. Vati tippt sich an die Stirn. Aber so, daß der König es nicht sieht.
»Aber Emmi! Wo doch Majestät durch und durch aus Metall besteht!« Mutti kapiert, vor lauter Anhimmelei nicht, was Vati damit meint. Der will es ihr möglichst unauffällig beibringen und formt hinter des Königs Rükken mit den Lippen stumm ein Wort ...
»Vati will sagen: es ist wegen dem Grünspan«, übersetzt Wacki grausam laut. Vati wird puterrot.
Mutti nicht weniger. Peinliche Stille tritt ein. Mutti knetet ihre Finger. Hat einen Einfall endlich, den sie für einen rettenden hält: »Vielleicht hab ich ja auch für Ihre besondere Beschaffenheit was Pflegendes auf Lager ... so eine Art Hautcreme.« Noch immer puterrot steht sie auf und zischt Wacki zu: »Wehe du bringst uns noch einmal so in Verlegenheit vor der Majestät! Marsch in die Küche ... da steht im Putzschrank eine Flasche Messingputzmittel. Die bringst du her, und zwar unauffällig.«
Mir meinen König ausspannen, denkt Wacki, und dann mich auch noch rumkommandieren. Dafür muß Rache sein. Und er tönt laut und ungerührt: »Mutti sagt, ich soll ein Messingputzmittel herholen, und zwar unauffällig.«
Mutti wird noch röter und haut Wacki blindlings eine rein. »Du ...«
Jetzt singt das Schwert! Wann denn – wenn jetzt nicht, denkt Wacki. Und grüne Augenblitze werden funken.
Aber es singt und funkt nicht.
»Die hat mich gehauen, König!«

Mutti hat sich verdrückt. Rumort nun selbst im Putzschrank. Vati windet sich, versucht abzulenken. »Man fragt sich unwillkürlich, wenn man Sie so einen Gegner nach dem andern bezwingen sieht, ob Sie eigentlich hinterher auch Muskelkater haben wie unsereins an Ihrer Stelle, oder ob ...«
Wacki tritt dicht vor seinen König hin. Ganz dicht. »Geschlagen hat sie mich!«
Der König wendet ihm das Antlitz zu. Lächelt, alt und weise wie Harmonie der Spiralnebel.
»Da!« Wacki zeigt auf seine Backe. Fünf Finger zeichnen sich darauf ab, noch immer.
Der König spricht. »Ertragen sollst du klaglos die elterliche Züchtigung, mein Sohn.«
In Wackis Kehle steigt Salzsäure auf. »Red doch keinen Stuß, König. Wo du doch eigens dafür da bist, daß mir keiner mehr ein Unrecht tut. Wo du doch ... wo du doch mein Beschützer bist ...«
Weise lächelt der König, wie das Murmeln des Erzes in der Tiefe des Gebirges. »Worte dringen an mein Ohr, Sohn, die ich nicht verstehe.«
Die Salzsäure bricht jetzt aus Wackis Augen. Er stampft auf und rennt hinaus. Er prallt auf Mutti, die ein Plastikfläschchen in der Hand hält. »... geeignet zur Pflege von Nirosta-Spülen und Kupfer; auch stark verschmutzte Flächen wirken wieder wie neu, wenn ...«, liest er auf dem Etikett.
Wacki rennt auf den Küchenbalkon, zieht die Tür hinter sich zu. Keiner soll sehen, wie er heult. Er legt das brennende Gesicht an den Bauch des Rosses.
Im Körper von Symopox dröhnt es wie im Innern einer Glocke.

Eine Melodie von Trauer und Wildnis. Und Sehnsucht. Oder ist es nur das Dröhnen, das Wacki in sich selbst hat und das sich auf das Kupfer überträgt?
Aus dem Wohnzimmer herüber ein Gelächter. Es kommt von Mutti. Sie sind fidel da drin. Ohne ihn –
Er beugt sich weit über die Balkonbrüstung. Von dort aus kann man ins Wohnzimmerfenster sehen. Mutti reibt des Königs Brust mit ihrem Putzmittel ein. Die Augen quellen ihr aus dem Kopf dabei. Wie ein Backfisch, denkt Wacki, der Sonnenöl auf Elvis Presley schmieren darf. Mit einem Lappen wienert sie am König herum, beschaut sich in dem spiegelnden Glattgeriebenen und kichert, gluckst, kichert, gluckst –
Wacki lehnt den Kopf an den Hals des Rosses. »Symopox, der König ist übergelaufen.« Die Nüstern des Rosses streichen ihm über den Rücken. Wacki schlingt die Arme um den Hals des Tieres. »Wir reiten zusammen fort, ja?«
Das Roß scharrt und ritzt Funken aus dem Betonboden des Balkons. »Steig auf!« scheint es zu scharren. Wacki klettert über das Balkongitter auf den kupfernen Rükken. Als er halb oben ist, fällt sein Blick in die Küche. Auf dem Wachstuch des Tisches liegen die Panzerhandschuhe des Königs. Er läßt sich nach unten rutschen, geht in die Küche und zieht sich die Handschuhe an.
Drüben im Wohnzimmer wird noch immer gekichert und gegluckst. Aber es ist nun nicht mehr nur Muttis Stimme. Auch Vati beteiligt sich jetzt an dem Gelächter-Konzert. Und es ist auch noch das Kichern eines Dritten dabei –
Da rafft er auch noch den Königsmantel an sich.
Als er wieder auf dem Roß sitzt, beugt er sich vor zu den

kupfernen Ohren.: »Hör dir das an, Symopox. Dieses Geschnatter.« Dann beugt er sich noch weiter, bis er das Wohnzimmerfenster im Blick hat und erkennen kann, was dahinter vor sich geht.
Der König liegt auf dem Bauch. Mutti bearbeitet seinen Rücken mit beiden Händen. An ihren Fingern weiße Schmiere. In des Königs Gesicht heiße Wonne.
»Schau dir das an, Symopox. Unser König!«
Symopox scharrt mit den Hufen, bäumt sich auf und ist schon draußen in der Luft. Eine kurze Weile segelt er über den Hof, dann gewinnt er wieder festen Boden unter den Hufen. Soweit man Dachtraufen festen Boden nennen kann. Auf ihnen tänzelt er entlang, die ganze Häuserzeile bis hinunter zur Kreuzung. Dort tritt er auf der Stelle.
Ach du schlaues Roß du, ich weiß schon was du meinst! Du meinst, ich soll erst mal schmecken, ob die Einzelreiterei mir bekommt. Ob ich mir nicht vorkomme wie das Dreijährige auf dem Motorrad. Ob ich nicht vielleicht doch klein beigebe und absteigen will.
»Spring!« ruft Wacki. Und schon legt sich der kupferne Pferdeleib in die Wellen der Luft, schwimmt darin, gar nicht mehr der Dächer als Abstoßkante bedürfend, aus eigenen Kräften. Schwimmt springend und springt schwimmend dahin wie noch bei keinem Ritt zuvor, den Wacki miterlebt hat. Als sei dem Roß der König zu schwer gewesen, habe es gehindert an den Flugkünsten, die eigentlich in ihm schlummern. Als würden die erst so recht durch Wacki geweckt, das Fliegengewicht.
Das Roß trägt Wacki geradewegs hinauf in den Himmel. Ohne über eine Wolkentreppe emporzuklimmen, und als wollte es ihm zeigen: das kann ich! Willst du

mehr davon? Und Wacki ruft ihm ins Ohr: »Ja, mehr davon!«
Das Roß gleitet wieder herunter in rasendem Flug, fängt sich selber ab, fliegt wieder hinauf. »Mehr davon!« Symopox jagt nicht mehr nach vorne, sondern dreht sich um die Achse seines Rückens, vollführt Loopings in der Luft. Die Erde ist einmal unter, dann neben, dann über Wacki. »Herrlich, Symopox! Mehr!«
Ein Düsenflugzeug ackert sich unter ihnen durch den Himmel. Symopox stößt herunter auf den silbrigen Vogel, rudert an ihm entlang nach vorne. Durch die kreisrunden Fenster glotzen die Passagiere heraus. Vorne, vor dem Cockpit, vollführt Symopox ein elegantes Aufbäumen samt Volldrehung und Schweifwerfen für die Piloten (was werden die nur alle erzählen, wenn sie wieder unten auf der Erde sind, denkt Wacki) und strömt dann weiter in die Nacht hinein –
»Du, Symopox ... trag mich dorthin, wo du hergekommen bist. Ich will den Felsen sehen, du weißt schon, den da im Norden. Ich will sehen, daß es den wirklich gibt.«
Den Felsen aus Kupfer. Bei dem noch kein Menschenwesen war.
Das Roß steht still in der Luft. Sammelt es Kräfte? Überlegt es? Zweifelt es? Ist dieser Auftrag zu gewaltig, um ausgeführt werden zu können, einem Knirps wie Wacki zuliebe?
Das Roß schnaubt, und mit einem kupfrigen Wiehern legt es sich in den Wind. Also doch!
Sie überfliegen Flüsse, die Wacki noch nie gesehen hat und an die er sich vom Erdkunde-Unterricht her nicht erinnern kann. Die Schiffe auf ihnen sehen aus wie träge

dahintreibende Zuckerstückchen in geschmolzenem Metall.
Sie überfliegen Städte, größer als alle Städte, die Wacki kennt. Sie scheinen von einem Horizont zum andren zu reichen. In der Nacht sehen sie aus wie Glut unter der Asche.
Sie überfliegen Meere. Deren Kühle heraufweht mit einem Wind so grün, als trüge er den Atem aller Meereswesen in sich.
Sie durchpflügen Wolkenmauern. In denen es kalt und naß ist und gegen deren harte Zwischenwandungen des Rosses Hufe erst gewaltsam andonnern müssen, ehe sie nachgeben. Wacki zieht den Königsmantel eng und immer enger um sich, und kuschelt sich endlich bis übers Gesicht hinein.
Und irgendwann segelt er dann weg in den Schlaf.
Er wird geweckt von einer seltsamen Helligkeit. Aus noch schlafträgen Augen sieht er ein schweigendes Gebirge vor sich aufwachsen *über dem das hohe kalte Grün eines unwandelbaren Himmels ruht.*
Das Roß steuert auf einen *gewaltigen Felsen zu, der alle anderen Felsen herrisch übergipfelt. Seine Schlünde fallen ab in unnennbare Tiefen, und sein Gestein ist so glatt wie ein geschmiedeter Panzer. Seine erzenen Flanken funkeln schwarz wie die schwärzeste Nacht, sein Gipfel aber leuchtet brandrot wie Feuer. Kein Abendrot ist es, keine Morgendämmerung und keine Mittagshelle, was den Gipfel umspielt: er erstrahlt aus eigener Kraft.*

Das Roß schwimmt in dieses Strahlen hinein, das Wacki umschließt wie ein heißer roter Mantel. Das Schnauben

des Pferdes wird von den Felswänden als Echo zurückgeworfen und verdichtet sich zu einer urtümlichen Musik.
Als sie an die Spitze des Felsens herankommen, erkennt Wacki die Umrisse eines Reiters hoch zu Roß, die aus dem Kupfer des Gebirgs herausgebrochen sind. Symopox schlägt mit dem Schweif, seine Hufe schlagen nach vorne aus, sie fliegen nicht mehr, sondern schweben in der rotgetränkten Luft.
Dann, unendlich weich, gleitet das Roß in die Hohlform des Reiterstandbildes hinein und füllt die Höhlung vollkommen aus, die für das Pferd bestimmt ist.
Die für den Reiter dagegen ist für Wacki in Länge und Breite zu groß und steht über ihm wie ein Gewölbe. Aber er streckt sich stolz darin und versucht die Kuppel des Gewölbes zu berühren.
Symopox wirft den Kopf weit nach hinten und fanfart ein mächtiges Gewieher hinauf in den Himmel. Zum Donner gewandelt, hallt es aus dem Gebirge verhundertfacht wider und läßt das massige Kupfer um Wacki her erbeben. Wacki kommt es vor, als sitze er unter einer läutenden Glocke.
Als nach langer Zeit die Glocke verstummt ist, flüstern in die Stille hinein andere Töne. Zuerst erscheinen sie Wacki wie eine einzige, dahinfließende Melodie. Dann hört er mehrere Melodien heraus, die sich überlagern. Und als sein Ohr noch feiner geworden ist, nimmt er wahr, daß es nicht Musik ist, sondern Millionen sprechender Stimmen. An- und abschwellend, laut und leiser, formen sie sich zu einer Dünung von Worten, Sätzen, Gelächter und Weinen.
In der kupfernen Wölbung über Wackis Kopf sammeln

sie sich. Alle Gespräche, die in der Welt geführt werden. Hier ist die Ohrmuschel der Erde.
Manche Stimmen werden lauter, erheben sich aus der dahinströmenden Woge der Töne. Schrill und häßlich gellen sie heraus. Das sind die bösen Sätze, in denen ein Mensch einem anderen Unrecht tut oder eine Beleidigung nachwirft oder eine Beschimpfung oder einen Befehl. Je mehr die Bosheit in diesen Sätzen hochschwappt, desto unerträglicher und schriller wird das Keifen und Schelten und Verfluchen, bis es umkippt in ein Pfeifen, und dieses Pfeifen springt heraus aus den Sätzen und zuckt als elektrischer Funke umher.
Dieser Funke soll den Glockenton wecken, der im Schwert verschlossen ist, ahnt Wacki. Und der wiederum soll das Kupfer zum Glühen bringen, aus dem Roß und Reiter entstehen.
Und mit Stolz denkt Wacki: damals, als der König zu mir in die Wohnküche kam, ist es auch so gewesen hier oben. Aber dann senkt sich dieser stolzgeschwellte Gedanke in eine Tunke aus Salzsäure, und er flüstert Symopox ins Ohr: »Laß uns fort von hier, schnell!«
Das Roß schnellt hinaus in das helle Grün des Himmels wie ein Pfeil von der Sehne.
Die gräßlichen Stimmen der Bosheit gellen in Wackis Kopf nach. Erst jetzt meint er Satzfetzen und ganze Sätze verstehen zu können.
Wie ein Freund seinen Freund verleumdet, wie ein Vater seine Tochter wider besseres Wissen der Lüge bezichtigt, wie einer einen anderen zum Haß aufstachelt.
Er wickelt sich den Königsmantel fest um die Ohren.

Aber die Stimmen quälen noch lange seine Ohren, ehe sie langsam ins Nichts verschwimmen.
Wohltätige Stille breitet sich aus in seinem Kopf, und das Rudergeräusch der kupfernen Hufe wiegt ihn.

## 23

Als Wacki wieder erwacht, ist es Tag. Unter sich ausgebreitet sieht er eine Landschaft, deren Umrisse ihm unbekannt sind.
Plötzlich befällt ihn Angst.
Er erinnert sich an alte Geschichten. Geschichten von Leuten, die in Höhlen gingen oder das Zeitwasser holten oder auch nur ein Stündchen in der Mittagssonne schliefen.
Und als sie zurückkamen, wars die halbe Ewigkeit gewesen. Und ihre Angehörigen waren steinalt oder schon längst tot und und fremde Nachfahren schauten sie an wie ein Gespenst der Urzeit.
Wie, wenn es auch ihm so ginge? Immerhin war er an einem Ort, an dem noch nie jemand vor ihm gewesen ist. An solchen Orten gilt bestimmt nicht dieselbe Zeiteinteilung wie an gewöhnlichen Plätzen.Er schaut in das blanke Kupfer des Pferderückens, ob er nicht vielleicht schon zum hundertjährigen Hutzelgreis geworden ist. Aber in diesem Augenblick stoßen sie in eine kalte Wolkenbank, der kupferne Spiegel beschlägt und wird blind. Sie reiten lange darin. Wacki betastet sein Gesicht. Sind da nicht schon Runzeln und tiefe Falten? Sind seine Haare nicht schon ausgeblichen? Wenn doch

wenigstens die Wolkenbank sich verziehen könnte, damit Wacki sich umschauen kann!
Aber sie verzieht sich nicht.
Sie wird nur ein wenig dünner, verwandelt sich in ziehenden Nebel.
In diesem Nebel knallen die Hufe des Rosses auf etwas Hartes, schlagen noch einige Male in die Luft und klappern dann endgültig über Pflaster. Wacki hat gar nicht bemerkt, daß sie sich zur Landung angeschickt hatten.
Er späht in den Nebel. Er erkennt Häuser, Straßen. Sie sehen fremd aus, trotz aller Gewöhnlichkeit. Ist seine, Wackis Zeit, noch nicht allzu lange vergangen? Oder sind die Häuser ausgestorben und stehen schon seit Ewigkeiten verlassen?
Mit einem trägen Schritt, den er Symopox nicht zugetraut hätte, trabt das Roß durch die stumpfe Stille, die sogar das Klingen der Hufe verschluckt.
Da wird im Nebel der Umriß eines Menschen sichtbar. Wacki den Rücken zuwendend, geht er dahin. Wacki wagt ihn nicht anzurufen, obwohl der Mensch klein und schmächtig ist.
Als das Roß kurz hinter ihm ist, dreht er sich um.
Es ist Hoss.
Wacki bleibt das Herz stehen.
Hoss, dem der Urquas von Urquor das Blut aus den Adern gesogen hat. Der tote Hoss.
»Also bin ich hier im Jenseits. Im Totenreich.« Die Gestalt, die einmal Hoss war, steht reglos und schaut zu ihm herauf.
»Hoss!« Die Gestalt antwortet nicht. »Steh doch nicht so stumm da, mein Gott, sag doch was. Zwei Schatten

im Schattenreich werden doch miteinander sprechen können.«
Wacki springt vom Roß herunter und geht auf Hoss zu. Er muß den Mantel raffen, damit er nicht darüberfällt.
»Hoss!«
Die Gestalt, die einmal Hoss war, geht langsam rückwärts.
»Hoss, bleib!«
Wacki ist voller Angst, er könnte den Geist von Hoss verlieren, alleine bleiben in diesem Nebelgrau des Totenreiches. Bleib, Hoss. Ich will dir alles vergeben. Ich will dir alles verzeihen. Nur bleib. Und rede mit mir.
Als Wacki auf Armeslänge an die Gestalt herangekommen ist, wendet sie sich weg und will fliehen. Wacki packt zu und hält sie fest. Der kurze weiße Stab, den der Schatten (der einmal Hoss war) unter dem Arm trug, fällt zu Boden.
Fühlt sich gar nicht mal an wie ein Geist, denkt Wacki.
Da läßt der Geist sich fallen und hebt beide Arme.
»Tu mir nix«, sagt der, der einmal Hoss war. »Ich ergeb mich.«
Wacki ist gerührt und will den Geist aufheben.
Dabei tritt er auf den Stab, den der hat fallenlassen.
»Paß auf!« sagt der Geist, und zeigt auf Wackis Fuß. Der steht auf dem weißen Stab.
BILD AM SONNTAG steht darauf.
»Die ist für meinen Vater. Wenn sie dreckig ist, scheuert er mir eine.«
»Gibts denn im Totenreich Zeitungen?«
»Du stellst vielleicht Fragen, Mann.«
»Wo sind wir denn?«

»Na, in der Nibelungenstraße. Wo denn sonst.« Wacki mustert die Häuser, die jetzt deutlicher aus dem Nebel hervortreten. Er erkennt die Meierei Kretzschmar, das Tor der Schlosserei Brandeis. Das ist, wenn es überhaupt ein Reich der Schatten ist, dann doch gewiß eins, das Wackis Heimatstadt ziemlich gleicht.

»Schau mich an, Hoss!« Hoss tut es, gehorsam. »Wie schau ich aus?«

»Wie immer halt.«

»Keine Falten? Keine weißen Haare?«

»Von wegen.« Hoss sagt das nicht flapsig, sondern nur erstaunt: was hat der Wacki nur?

Wacki fühlt sich ins Leben zurückversetzt. Das Schicksal, oder wie immer das Dingsda heißt, meint es so gut mit ihm an diesem Sonntagmorgen, und er läßt sich einschüchtern wegen nichts und wieder nichts!

Wacki schreitet zur Tat, ehe Hoss etwa wegen Wackis düsterer Fragereien aufmüpfige Gedanken kommen. Er stellt sich in Positur, den Mantel majestätisch um die Schultern geschlagen. Wenn das Roß jetzt auch noch die Freundlichkeit hätte, zwecks Unterstützung im Hintergrund etwas zu wiehern –

es wiehert!

– Dank dir, Symopox! Wacki räuspert sich und donnert:

»Mit Feindschaft hast du mich verfolgt, o Hoss. Bei unserer letzten Begegnung noch hast du abgefeimt und grausam mich bedroht.« Wieso anschließend das mit dem Urquas von Urquor schief lief und dem Hoss nicht das Blut aus den Adern gesogen wurde, fragt er nicht. Ist ja momentan auch Nebensache. Hauptsache dagegen: er hat den Hoss beim Wickel.

»Ich hab doch gesagt, ich ergeb mich«, muffelt Hoss.
»Das genügt nicht. Dienen wirst du mir.«
»Ich muß jetzt hinauf zu meinem Alten, ihm seine Zeitung bringen. Er wird eh schon wieder raunzen.«
»Für solchen Firlefanz ist jetzt und hier der Ort nicht, Bube. Es gilt nun Unterwerfung.«
»Aber ich bin schon eine Viertelstunde weg –«
Wenn du, Symopox, nochmal die Freundlichkeit hättest, einschüchternd zu wiehern –
er wiehert!
– Dank dir, Symopox! Wacki hat mit Genuß gesehen, wie Hoss zusammengezuckt ist. Räuspert sich und donnert:
»Knie nieder, Strolch, heb deine rechte Hand und sprich mir nach.«
Hoss kniet, ohne Zögern. Und hebt auch gehorsam seine Hand.
»Ich gelobe, Wacki, meinem Herrn –«
»Ich gelobe, Wacki meinem Herrn –«
»– in Demut und Gehorsam Dienst zu leisten –«
»– in Demut und Gehorsam Dienst zu leisten –«
»– und alle Befehle zu vollziehn, die er mit gibt –«
»– und alle Befehle ...«
»Na, wirds bald!«
»– zu vollziehn, die er mir gibt –«
»– andernfalls weiß ich Bescheid von wegen was mir blüht. Knoppapeh.
Wacki schlägt mit dem linken auf den rechten Handschuh, so daß die Funken stieben. Hoss zuckt zusammen.
»Und Knoppapeh heißt ›So ist es und so sei es in Ewigkeit, oder ich will tot umfallen‹ in der Sprache der Ein-

geweihten, klar?«Das stimmt natürlich nicht. Wacki hat das Wort gerade eben erst erfunden. Trotzdem befiehlt er kaltschnäuzig: »Sprich nach!«
»– andernfalls ich Bescheid weiß von wegen was mir blüht. Knoppapeh.«
»Und jetzt küssen!« Wacki hält Hoss den rechten Panzerhandschuh hin, vor dem Hoss noch einmal zurückzuckt. Dann küßt er ihn. Wacki genießt Kuß und Zuck.
Knoppapeh.
»Jetzt rat mal«, grinst Wacki, »was die erste Arbeit ist, die ich dir auftrag.«

## 24

Die Schaibmeyer-Mannschaft stakst von einem Bein auf das andere. Die Wiese ist nebelfeucht. Der Anpfiff hätte vor einer dreiviertel Stunde sein müssen.
»Jeden Sonntag lassen die Herren Hühnerbrater sich mehr Zeit.«
»Im Bett hätten wir bleiben sollen. Unsereins will auch mal ausschlafen.«
»Mamma mia, sie kommen!«
»Sagt mal, was schleppen die denn da mit?«
»Sieht aus wie Kessel aus Messing.«
Die Hühnerbrater marschieren durch den Nebel heran. Sie »laufen ein«, wie bei einem Länderspiel. Nicht mit sieben Mann, wie sonst, sondern mit acht.
»Das ist kein Messingkessel, was die Hühnerbrater da mitbringen. Das ist ein Roboter.«

Am Spielfeldrand schließen sie auf und traben, einer hinter dem anderen, auf die Mittellinie. Es fehlt nur noch, daß eine Nationalhymne gespielt wird. Sie bleiben stehen mit Gesichtern von Leuten, die dreimal hintereinander Weltmeister geworden sind. Die Schaibmeyers tippen sich an die Köpfe und schlendern näher.
»Wird ja auch allmählich Zeit. Wir wollten schon wieder nach Hause.«
Der dicke Albert Schnetz, Rechtsaußen der Hühnerbrater und Schiedsrichter in einem, geht zu den Schaibmeyers rüber. Er zieht die, die weiter von ihm wegstehen, am Ärmel und bildet einen Kreis um sich.
»Es ist nämlich so ... wir haben einen besonderen Gast heut.« Er spricht ganz leise, und die Stimme zittert ihm vor Wichtigtuerei. Wie jemand, der sagt: Schauen Sie nicht hin, aber der Herr, der da drüben jetzt grad am Kaugummi-Automaten steht, das ist der Papst.
»Dann stell uns doch euren Gast vor«, sagt einer von den Schaibmeyers.
»Das geht nicht.«
»Höjhöjhöj, warum soll das nicht gehen? Höflichkeit geht immer.«
»Ich glaub nicht, daß ihm ... ich meine: ER steht über solchen Dingen, die bei uns Menschen wichtig sind.«
»Du redest daher,« witzelt einer von den Schaibmeyers, »als obs der Jesus wär, den ihr engagiert habt, damit ihr noch schneller in die Bundesliga kommt.« Die Schaibmeyers lachen. Der dicke Albert Schnetz winkt entsetzt ab. »Ruhig doch, er könnt euch zürnen.«
Die Schaibmeyers schauen sich an. Diesmal hats die Hühnerbrater ganz schön erwischt. Aber was solls. Sie sind nun alle schon mal da. Um Fußball zu spielen. Und

da wird eben nun auch Fußball gespielt. Sogar gegen Irre.
Die Schaibmeyers lupfen die Schultern und fragen den dicken Albert Schnetz, warum er nicht endlich anpfeift. Kaum hat der seine dicken Finger in den Mund gesteckt, startet Vati den ersten Angriff auf das Schaibmeyer-Tor.
Vati!!!
Einen Angriff –! die Schaibmeyers schalten erst, als der Ball nach einer klassischen Kombination der Hühnerbrater im Nullkommanix bei ihnen im Netz liegt.
So verdattert sind die Schaibmeyers, daß sie diesmal nicht die Hühnerbrater beschimpfen. Wie sonst üblich. Sondern Giulio, ihren Tormann.
Der will nichts auf sich sitzen lassen: »Ich Ball nicht gesehen! Warum, weil ich Licht im Gesicht von Eure Gast!«
»Klar, der Giulio ist geblendet worden!« übersetzt ein anderer Schaibmeyer. Alles schaut hinüber zu König Kupferkopf, der unbeweglich wie eine Säule in der Hälfte der Hühnerbrater steht.
»Der glänzt ja wie ein Brennspiegel!« hämen die Schaibmeyers. »Das soll wohl eure Geheimwaffe sein, was?«
Die Hühnerbrater lassen sich auf nichts ein. »Euer Niveau ist uns zu niedrig«, faßt Rolf Bospischil zusammen.
Rolf Bospischil, der Torwart der Hühnerbrater. Der bequem in die gegnerische Hälfte geschlendert ist unterdessen. Als würde er in seinem Kasten gar nicht gebraucht. Rabenschwarze Verdächte melden sich bei den Schaibmeyers. Mit Gesichtern, die sagen: »Merkt ihr

was?« latschen sie zum Anspiel. Und schwören ein Konter.
Vergebens. Kaum hat Herr Klauwacht seinen kostbaren Ball hingelegt, hüpft der schon wieder unaufhaltsam dem Schaibmeyerschen Portal entgegen. Der dicke Albert Schnetz läßt drei Schaibmeyers aussteigen, gibt an Vati, Vati (von zwei Schaibmeyer-Hinterleuten bedrängt) gibt an den Dicken und der schießt.
Am lautesten »Tooooooor! Zwooo Null!« schreit Albert Bospischil, der keine zwei Meter vom Schaibmeyerschen Tor einen Freudentanz aufführt.
Giulio, der Mann im Kasten, ist aus dem Häuschen. »Ich wieder nix gesehen! Ich blind von eure Roboter!«
Alle schauen hin zu dem, der da so respektlos Roboter geheißen wurde. Unbeweglich steht der König noch immer dort, wo er von Anfang an stand.
»Genausogut könnt ihr da drüben einen Scheinwerfer aufbauen und dem Giulio damit ins Gesicht blenden«, ereifern sich die Schaibmeyers. »Entweder euer Messingkessel geht da weg und steigt endlich ein ins Spiel, oder –«
»Oder was?« grinst Albert Schnetz. Er weiß genau, daß die Schaibmeyers nicht drohen können, »oder wir spielen allein weiter.« Denn die Schaibmeyers haben ja gar keinen Ball. Ätsch.
»Also, wie stehts?«
Sie spielen weiter, was sonst. Aber während Herr Klauwacht seine heilige Kugel wieder mal umständlich-liebevoll auf den Anspielpunkt legt, bauen die um –
– und sind am Zug. Der Ball macht nun die Reise zur Abwechslung mal in der anderen Richtung.

Rolf Bospischil rennt quer über den Platz, als er das spitz kriegt. Das von Schaibmeyer-Füßen getretene Leder aber ist schneller als der, der es empfangen soll. Unheilvoll zickzackt es dem Hühnerbrater-Tor entgegen.
Würdevoll und tatenlos blickt der König ihm entgegen.
Bis die Schaibmeyers ihm ganz nahe sind. Da weiten sich seine grünen Edelsteinaugen und schleudern Blitze. Die fahren den Schaibmeyers in die Knie. Versengen ihr Fleisch, brennen braune Flecken in ihre Hosen.
Die Schaibmeyer-Stürmer hoppeln auf der Stelle. »Der Roboter ist ja echt gemeingefährlich!« Mit nassem Gras kühlen sie ihre verbrannte Haut.
Herrn Klauwachts heilige Kugel kullert alleingelassen vor sich hin.
Bis zum König. An dem prallt sie ab mit einem »Plopp«, wie es nur von echtem, edlem Leder zu hören ist. Es ist ihr letztes »Plopp«.
Denn König Kupferkopf durchbohrt es mit dem Schwerte Dulyla und macht aus Herrn Klauwachts heiliger Kugel einen ordinären Lappensack aus zerfetztem Leder. Den reckt er hoch, aufs Schwert gespießt.
»Sehet her, ihr Narren! Dies schändlich zwergisch Ursächlein, das eure Zwietracht schürte, hab ich besiegt! Versöhnt euch nun und haltet Frieden!«
Und streift, was noch übrig ist von diesem ledernen Denkmal der Sportgeschichte, mit zwei Fingern von der Klinge und schnalzt es verächtlich ins Gras.
Die Schaibmeyers sehen sich an. Ohne ein Wort. Vier Jahre lang haben wir nun Sonntag für Sonntag gegen die gespielt, sagen sie, ohne ein Wort zu sagen. Aber jetzt ist

es an der Zeit, eine Fliege zu machen. Und zwar auf Nimmerwiedersehen.
Und die Schaibmeyers ziehen ab. Ohne ein Wort. Mit gesenkten Köpfen, und ihre Rücken sehen traurig aus.
Herr Klauwacht läßt die sterbliche Hülle seiner edlen Kugel in das eigens für sie gehäkelte Säckchen fallen.
Irgendeinen von den Hühnerbratern sticht der Hafer. »Ach lassen Sie uns doch vor der Beerdigung nochmal die Unterschrift vom Paul Breitner bewundern, Herr Klauwacht!« Gelächter.
Herrn Klauwacht ists wirklich wie auf einer Beerdigung. Mit einem Zorn, wie er nur bei ganz traurigen Trauergästen vorkommt, schreit er: »Hahaha! Ich lach mich scheckig. Ich frage mich nur, ob die Herren morgen im Betrieb auch noch so viel Witz versprühen werden.«
Keiner traut sich mehr zu lachen. Morgen im Betrieb ist Herr Klauwacht wieder der Chef. Und er wird ihn noch mehr herauskehren als sonst, denn: »Ich habe mir genau gemerkt, wer gelacht hat! Wehe, wer da nicht spurt morgen, von denen!«
Bitter schnürt er das Häkelsäckchen zu. »Und vor allem derjenige kann sich auf was gefaßt machen, der« – Herr Klauwacht nimmt Vati scharf aufs Korn – »der dieses kupferne Ofenrohr heute mit zum Spiel gebracht hat.«
Über die nasse Wiese stampft er davon. Alle sehen ihm nach, bis der Nebel ihn verschluckt. Es ist still wie auf dem Grunde des Atlantik, ehe Christoph Kolumbus ihn durchfuhr.
Bis der dicke Albert Schnetz auf den nassen Rasen platscht, daß es nur so spritzt. »Ofenrohr hat er gesagt! Ofenrohr!«
Dann platscht auch Rolf Bospischil hin, und Vati, und

alle andern, und wiehern: »Ofenrohr! Ofenrohr! Ofenrohr!«
Sogar der König lacht. Es klingt, als würden alle Kirchen der Stadt ihre Glocken läuten.

## 25

Die paar Fußgänger, die sich an diesem grauen, nassen Sonntagvormittag auf die Straße wagen, bleiben stehen und staunen Bauklötzer.
»Wird wohl ein Umzug sein«, munkelt einer. »Zum Martinstag oder so«, mutmaßt ein anderer. »Aber wo denn, der Martinstag ist doch erst im November!« rückt ein dritter zurecht und stellt damit die vorige Ratlosigkeit wieder her.
Da reitet ein Junge auf einem kupfernen Roß einher, in einen riesigen grünen Mantel gehüllt. Und vor ihm her schleicht ein anderer Junge und schiebt einen Kinderwagen.
Sogar die Autofahrer halten an und lassen die drei respektvoll vorbei, wenn sie bei Rot über die Fahrbahn klappern. Sie klappern *nur* bei Rot über die Fahrbahn. Wenn sie nicht überhaupt in der Straßenmitte dahinziehen. So geht es durch die Wiesenhallstraße und Beethovenstraße hinein in die Ernst-Reuter-Straße. Danach kommt der Herzogplatz. Wo sich immer die Teenager aus dem ganzen Viertel treffen.
Kurz vor dem Ende der Ernst-Reuter-Straße macht Hoss einen Buckel. Gerade, als sie zum vierzehntenmal an den Worten HOSS UND BITSCHI vorbeikommen, die da

mit einem wohlbekannten Filzer an die Mauer geschrieben sind. Hoss macht einen Buckel und fragt zu Wacki hinauf: »Können wir denn deine Schwester nicht auch woanders hinfahren. Für das Baby ist es doch wurscht, wo es Luft schnappt ..«
Aber für *dich* nicht, kichert Wacki in sich hinein.
»Wir könnten zum Beispiel umkehren«, setzt Hoss wieder an, »und es in die Anlagen zum Silcherplatz bringen. Da ist doch viel mehr Sauerstoff, wo doch da so viele Bäume stehn.«
»Bedenke, Sklav, was du geschworen!« donnert Wacki.
Hoss schiebt weiter. Aber nur ganz zögerlich. Am Rükken kann Wacki ihm ansehen, daß er an einer Hoffnung kaut: Vielleicht sind sie ja doch nicht alle da!
Aber sie sind alle da. Sigi Goepfert und Ingrid Taborius und Klausi Witt, und und und. Ein paar aus der Parallelklasse auch noch dazu. Und sogar die Gastarbeiterkinder sind da, obwohl die doch ihren Treffplatz sonst vor dem Kaufhof haben. Aber nein – sogar Angellina aus dem Erdgeschoß ist da, mit ihren fünf Geschwistern.
Und Bitschi auch.
Als der Zug sich nähert, werden sie still. Bloß der Charilaos, der Grieche, der zum zweitenmal in die 6a geht, redet ununterbrochen weiter. Auf Griechisch.
Hoss beugt sich tief über den Kinderwagen. Er tut so, als sehe er fürsorglich nach, ob das Baby auch schön ordentlich zugedeckt ist. Sie sind jetzt dicht bei den anderen. Charilaos schnattert laut, und die anderen Griechen lachen. Obwohl Hoss sich bemüht, nicht hinzuschauen, merkt er doch, wie der Grieche sein Geschnatter nun auch mit Gesten untermalt.

Hoss kennt diese Gesten. Er hat sie selber gemacht. Damals auf dem Schulflur, als er mit Wacki rausgestellt wurde und Redeverbot hatte. Sie bedeuten: schautmalkuck diese Kindsmutti an!

Es trifft ihn wie ein Wespenstich, als nun auch die Deutschen lachen. Plötzlich sind sie alle still. Auch der Grieche.

Die Kinder bilden eine Gasse für Wacki, der mitten durch sie hindurchreitet. Es ist still wie in der Kirche. Nein, noch viel stiller –: wie in der Klasse, ehe die Zeugnisse ausgegeben werden. Als Wacki durch die Kinder hindurch ist, treten sie nicht mehr in die Gasse zurück. Als ob sie sich nicht getrauten, den Boden zu betreten, den Symopox berührt hat.

Ein Mofa-Knattern zersägt die feierliche Stille. Hoss beugt sich noch tiefer über den Kinderwagen, möchte am liebsten in ihn hineinkriechen. Denn auf dem Mofa sitzt der, dem es gehört.

Das wär nicht weiter schlimm, wenn derjenige welcher nicht im Hauptberuf der Bruder von Hoss wäre.

Dieser größere Bruder bremst hart vor dem Kinderwagen. Muß wohl in der Familie liegen, diese Bremstechnik. Und grinst Hoss an. Und macht eine malefizige Pause. Knatterknatterknatter.

Na leg schon los, denkt Hoss. Damit ichs endlich hinter mir hab. Und er legt los. »Schau an, das Bruderherz als Kinderschwester.« Knatterknatterknatter. »Und der Alte macht einen Aufstand zu Hause, weil das Bruderherz verschwunden ist mit dem Zeitungsgeld. Wenn der wüßte, daß du auf Säuglingspflege umgesattelt hast und einen Privatausflug machst!« Knatterknatterknatter.

Hoss hört es hinter sich auf griechisch und deutsch kichern.
»Und dann, Freundchen«, der Bruder faßt Hoss am Kragen »hätt ich noch gern Auskunft, wer an meinem Mofa ...« Kunstpause. Knatterknatterknatter. »Verstehst du: an *meinem* Mofa die Bremsbeläge durchgescheuert hat.«
Wacki ist ein wenig vorausgeritten und sieht sich um nach seinem Sklaven. Der gerade gebeutelt wird von seinem großen Bruder.
»Laß ab, Fremdling, von meinem Diener! Er steht unter meinem Schutz!« Und dazu läßt er Symopox sich aufbäumen und scharren, daß die Funken nur so spritzen.
Wie brav da der Bruder Hoss losläßt! »Sorry, Prinz Eisenherz. Echt sorry.« Er hebt die Arme dabei. Um sich zu ergeben oder um die Hiebe abzuwehren, die er erwartet – man weiß es nicht.
»Zisch ab«, befiehlt Wacki.
Der große Bruder streckt seinen Kopf so weit nach vorn wie vorhin Hoss und knattert davon. Hoss schiebt rennend den Kinderwagen hinter seinem Herrn her. Vor lauter Dankbarkeit hat er einen Schluckauf gekriegt.
Am liebsten würde er Wacki die kupferne Faust noch einmal küssen.

## 26

Erst mal gehen sie ins »Feuchte Eck«. Wie jeden Sonntag.
Und damit die saure Kälte der nassen Wiese nicht von

ihren Knien aus in ihre Leiber kriecht, bestellen die Hühnerbrater für sich und alle ihre Frauen und Kinder Grog.
Die Nasen im heißen Dampf, der aus den Gläsern steigt, lehnen sie am Tresen und schauen durch die beschlagene Scheibe hinaus. König Kupferkopf steht allein draußen im Freien. Würdevoll wie ein Fels, an dem sich die Gezeiten aller sieben Meere brechen.
»Er blendet schon ziemlich«, räumt Rolf Bospischil ein, und nimmt einen Schluck. »Da hat der Giulio recht.«
»Er blendet nicht, er strahlt«, eifert Vati. »Und warum? Weil meine Frau ihn blankgerieben hat. In liebevoller Kleinarbeit und mit einem Spezialmittel. Weil sie nämlich weiß, was sich gehört einer Persönlichkeit gegenüber, die wo derart von Geheimnissen umwittert ist.«
»Und ihr bittet ihn nicht mal rein«, wundert sich der Wirt.
»Das war sein eigener Wunsch, daß er draußen bleibt. Was heißt Wunsch – sein Befehl! Weil, sagt er, wenn wir Sportsfreunde da herin einen friedlichen –«
»– einen friedlichen Trunk tun, sagt er –«
»– und es stößt ein Geschwader Drachen hernieder aus den Lüften, sagt er –«
»– Dann sind wir diesem schutzlos ausgeliefert, sagt er.«
»Genau. Und deswegen schiebt er draußen Wache.«
Der Wirt schweigt. Der Gast hat immer recht, ist sein Standpunkt. Erst als die Hühnerbrater sich verabschiedet haben, bollert er los: »Heiliger Strohsack, bei denen unterm Dach zwitschern die Nilpferde ja fünfstimmig!«
In dem Moment flattert ein Drache an seinem Fenster

vorbei, setzt sich auf den Telegrafenmast gegenüber und kratzt sich mit der Hinterpfote am Bauch.

Die nächste Station der Hühnerbrater ist die »Bismarck-Klause«. Diesmal muß der dicke Albert Schnetz draußen auf Drachenwache bleiben, und der König kommt mit rein.

Rolf Bospischil traut sich den König anzureden. »Was ich schon lang fragen wollt, Majestät –: Wie ist denn das gekommen, daß Sie grade zum Kollegen Willi Schmerling gekommen sind?«

Der König, geheimnisvoll wie das Leben auf dem Meeresgrunde unter dem Eis des Nordpols: »Der mich gerufen hat, er ist verweht im Treibsand der Erinnerung.«

»Aha«, sagt Rolf Bospischil höflich und ist so klug wie zuvor.

Vati winkt die Sportsfreunde zu sich. »Er will nur nicht öffentlich breittreten, daß ich es war, der ihn gerufen hat«, flüstert er.

»Du –?«

»Ja, warum denn nicht.« Vati genießt es, daß ihn nun alle ehrfürchtig ansehen und trinkt erst mal umständlich seinen Doppelkorn leer.

»Erzähl doch, Willi!«

»Ich hab nicht mehr mit ansehen können, wie mein Herr Sohn immer mehr verweichlicht. Ich muß ihm ein Vorbild vor die Nase setzen, hab ich mir gesagt, zu dem er aufschauen kann.«

Er bestellt sich noch einen Doppelkorn. »Weil, wenn ich den ganzen Tag im Betrieb bin, hat er ja niemand, dem wo er nacheifern kann. Und schon schlafft er ab. Also hab ich mir gesagt, brauch ich ein Vorbild, das ganztägig Zeit hat.«

Die anderen nicken. Jaja, das verstehen sie. Ihnen gehts auch so.
»Und deswegen hab ich ihn da kommen lassen.« Er weist mit dem Kinn zum König hin. »Prost.«
Während er trinkt, blicken die Hühnerbrater respektvoll von einem zum andern. Von Vati zum König.
»Auf die Idee hätt ich auch kommen sollen«, meint ein Hühnerbrater, »von wegen meinem Leo.« »Und ich, wo doch mein Gerti in der Schule so nachläßt«, ein anderer.
»Da hättet ihr früher aufstehen müssen, Kollegen! Jetzt ist er, darf ich sagen, bereits fester Bestandteil meiner Familie. Gell, Majestät?«
»Ja, aber vielleicht ...« die anderen lassen nicht locker. »Vielleicht könnte man ihn gelegentlich ausleihen?« Die Väter unter den Hühnerbratern nehmen ihr Herz in beide Hände, dazu frisch bestellten Weinbrand und treten zu König Kupferkopf:
»Wenn Majestät auch einmal bei mir vorbeischauen täten ...« »Meine Frau wäre hocherfreut, und mein Heinzi braucht dringend eine Abreibung.«
Der König greift nach dem ersten Glas und führt es zum Mund, wie der Hühnerbrater ihm gegenüber es vormacht: »Zum Wohlsein!«
Ein königliches Röcheln steigt auf zur Decke der gewöhnlichen Kneipe, urschmerzlich wie das Stöhnen der Wal-Herden, die das Eismeer durchpflügen. »Welch ein Feuerbrand durchschneidet meine Mitte!«
Der nächste Hühnerbrater hält Kupferkopf sein Glas hin. »Da muß man einfach nachspülen, dann brennts nicht mehr! Zum Wohlsein!«
Des Königs Röcheln schwillt zum Tosen. Seine kupfer-

nen Lungen geben ein Geräusch, das so gewitterträchtig ist wie der Aufzug der Regenwolken an dem Tage, da die Sintflut losbrach.
Das Grün der königlichen Bernsteinaugen beginnt zu irrlichtern. Aus dem königlichen Kupfermund steigt ein Rauch wie aus dem Vulkan von Mardabror bei Anbruch jener Nacht, da das gesamte Inselreich untergehen sollte.
»Her mit dem Löschwasser für die Majestät!« lachen die Hühnerbrater.
Natürlich schleppen sie kein Wasser an, sondern wieder Weinbrand, Doppelkorn und Rum. Lauter scharfe Sachen –
Die nächste Station der Hühnerbrater ist die »Lindenwirtin«. Da spendieren sie ihm noch mehr Löschwasser. Lauter scharfe Sachen. Und sagen »du« zu ihm.
Und in der »Altdeutschen Weinstube« noch mehr scharfe Sachen. Da nennen sie ihn bereits »Kupfi«.
Keiner gibt sich nun noch Mühe zu verbergen, daß er in des Königs kupfernen Körper was hineinkerbt. Mit dem Taschenmesser oder mit dem Bieröffner – was er grad zur Hand hat. Des Königs Brust und Rücken zieren nun Monogramme, Sauf- und andere Sprüche und das Torverhältnis gegen die Schaibmeyers.
Als letzter ritzt der dicke Albert Schnetz sein Sprüchlein ein. »Nicht vergessen – nächsten Sonntag um 3 Uhr bei Fam. Schnetz. Versprochen ist versprochen! In ewiger Freundschaft dein Albert.«
Als sie endlich bei den Schmerlings ankommen, müssen sie den König zu siebt die Treppe hinauftragen. Vor der Wohnungstür stellen sie ihn auf die Beine und klingeln Sturm.

Mutti hat ihr bestes Kleid an. In zweieinviertelstündiger Arbeit hat sie sich so schön gemacht wie ein Titelfoto aus dem Modemagazin. Für den König. Für ihn allein.

Zwischen einem Kirschlikör und noch einem hat sie sich zwei und eine viertel Stunde lang vorgestellt (während sie an sich herumkämmte, herummalte, herumcremte), wie sie sich im Kupfer SEINES Antlitzes spiegeln wird. Und wie das Leuchten SEINER Augen sie belohnen wird.

Und in der letzten Viertelstunde ihrer Arbeit vor dem Spiegel ist sie sogar so keck geworden sich vorzustellen, daß der König sie auf seine Knie ziehen wird und ihr zuhaucht: »Du schönste aller Frauen du!«

Und jetzt ist er endlich da –

Gleich wird er sie ansehen. Sie öffnet die Tür. Der König fällt ihr in die Arme. Zu zweit scheppern sie auf den Fußboden. Die Hühnerbrater stürmen herein und krakeelen: »Toooooooooor!«

Mutti wühlt sich unter dem König heraus. Der fällt zurück auf den Boden. »Was habt ihr mit dem gemacht, ihr Rohlinge?!«

»Den strahlenden Sieg über Schaibmeyers Brut haben wir gefeiert nach rechter Männer Art!« brüstet sich Vati.

Dann läßt er sich an der Flurwand zu Boden rutschen und bleibt dort hocken, stumpf glotzend. Wie die anderen Hühnerbrater auch. Mit beiden Händen hebt Mutti des Königs Kopf leicht an, fürsorglich wie den eines Kranken.

Die Edelsteinaugen sind trüb geworden und bräunlich, wie verrostet. Im Innern des Königs gluckert es wie in einem halbvollen Benzinkanister. »Mit Schnaps habt ihr ihn vollaufen lassen! Er ist doch kein Saufnickel, so wie ihr!«

»Zeigt dem Weibsbild die rote Karte«, nuschelt der dikke Albert Schnetz.

»Hat denn keiner so viel Grips im Kopf bei euch, daß er nicht dran denkt, daß ein edles Metall was andres ist als wie ein ordinärer Hühnerbratermagen? Und daß der Alkohol vielleicht ein Loch hinein brennt.«

»Woher soll unsereins denn so was wissen«, lallt Rolf Bospischil. »Wir sind doch keine Kupferschmiede.«

»Nichtsnutze seid ihr!« schimpft Mutti. »Nicht einmal mit einem Helden kann man euch allein lassen!« Die Nichtsnutze müssen den König ins Schlafzimmer tragen und auf das Ehebett legen. Mutti setzt sich zu ihm, Weißbrot in der Hand.

Sie bricht ein Stück ab und hält es ihm unter die Nase, wie man einem Kind einen Löffel mit Lebertran unter die Nase hält. »Das müssen Majestät jetzt schlucken. Weil, das saugt den Schnaps auf, den wo Majestät in sich tragen.«

Der König will etwas erwidern, aber seine Stimme ist wie weggewaschen. Mutti stopft ihm Weißbrot in den Mund, beharrlich Stück um Stück. Als es alle ist, stopft sie mit Watte weiter.

Kaum zu glauben, wieviel Watte in den König hineingeht.

Endlich hat sie ihn für sich allein. Hilflos wie ein Kind zwar und vollgetankt. Aber für sich ganz allein und in ihrem Bett. Sie flüstert ihm Sätze ins Ohr, die sie sich früher nicht einmal zu denken getraut hätte.

Sie erschrickt vor ihrer eigenen Phantasie, aber sie läßt

sie weiterwuchern. Daß der König sie vor lauter Besoffenheit nicht hören kann, macht sie mutiger und mutiger.
Ihre Finger gleiten die Kerben und Tätowierungen entlang, die in des Königs Leib gegraben sind.

## 27

Wacki bleibt auf Symopox sitzen, während sein Sklave oben in der Elternwohnung das Baby abliefert.
»Was haben sie gesagt?« fragt er, als Hoss wiederkommt.
»Nichts haben sie gesagt. Sie haben nicht einmal gemerkt, daß ich ihnen das Baby reingeschoben hab. Sie sitzen in der Küche und schunkeln und singen ›Ruckizucki‹.«
»Und keiner hat nach mir gefragt?«
»Keiner.« Mistbande, wenigstens erkundigen hätten sie sich können nach ihm. Hätten ja nicht gleich greinen brauchen »Wir machen uns Sorgen um den Wacki, er ist über Nacht weggeblieben. Das hat er noch nie gemacht, der Bub. Wird ihm doch nichts zugestoßen sein!«
Nein, so herzinnig verlangts der Wacki gar nicht. Aber wenn sie rein gar nicht merken, daß er nicht da ist – dann hat er seine Eltern auch noch nicht richtig bestraft. Dann muß er noch viel, viel länger wegbleiben. Und sich am besten gleich selbständig machen. Und den Alten höchstens gelegentlich eine Ansichtskarte schreiben. »Umseitig seht Ihr den Drachen, den ich gestern besiegte. Habe viel zu tun. Euer Wacki.« Ja, so mußte er sie

behandeln! Dann würden sie sich ordentlich nach ihm sehnen. Und abends am Wohnzimmerfenster sitzen und den Himmel absuchen, ob er nicht endlich wieder heimgeritten kommt auf dem Rosse Symopox.

Aber da konnten sie lange warten.

»Wir ziehen weiter, Knecht!«

»Wohin, Herr?«

Ja, wenn das Wacki nur selber wüßte! Irgendwohin. Wo es keine Eltern gibt. Den nächsten Gedanken dann verheimlicht Wacki sogar vor sich selber, denn er hat denken wollen: »Und auch keine solchen wie den Kupferkopf«. Statt dessen sagt er hart zu Hoss:

»Los. Wirst schon erfahren, wohin es geht!«

Und so ziehen sie eben los. Hoss muß voraus gehen. Und Wacki trabt auf Symopox hinterher, bohrt seine Augen in den Rücken seines Knechtes und krampft sein Gehirn zusammen: Wohin mit dem? In die Wohnung der Eltern, das geht nicht. Und ihn einfach auf Urlaub schicken mit den Worten »Du wirst von mir hören«, das geht auch nicht.

Als sie am Spielwarengeschäft Epp vorbeikommen, wo die Standard-Ausführung des Königs Kupferkopf für 32 Mark 80 im Fenster steht und darunter eine Ritterburg aus Plastik – da fällt es dem Wacki ein, wohin er ziehen könnte mit seinem Knecht.

Da wollte er sich doch einmal selbst eine Burg erbauen. Draußen am Kanal, im Ödland bei den Schrebergärtnern. Damals, ehe dann alles ganz anders kommen sollte und der kupferne Besucher sich einstellte.

»Schneller, Knecht! Es geht zu den Schrebergärten hinaus!« kommandiert Wacki.

## 28

Andauernd klingelts bei Schmerlings an der Wohnungstür. Aber es stehen keine Kopflosen draußen und auch keine einäugigen Bogenschützen.
Es sind Leute wie der Herr Reisch, der zwei Häuser weiter wohnt. »Zwanzig Jahre hab ich gespart auf eine Eigentumswohnung. Und jetzt, wo ich sie hab, was hab ich? Einen Lärm hab ich den ganzen Tag von den Nachbarskindern, die auf dem Hof unten spielen und sogar aufs Garagendach klettern. Ich bitt Sie, wenn Sie ein gutes Wort einlegen könnten beim König Kupferkopf, daß er diese Kinder ausradiert mit Stumpf und Stiel ... er brauchts auch nicht umsonst machen. Hier, die Pralinen sind für seine Mühe.«
Oder Leute wie der Hausbesitzer Viering von gegenüber. »Eine anständige Mietpartei zieht schon gar nicht mehr ein in mein Haus. Und der Zahnarzt ausm Parterre hat vorgestern gekündigt. Und warum? Weil so viel Gastarbeiter wohnen in meinem Haus. Aber wie soll ich das Gesindel denn hinauskriegen, wo ich an Gesetze gebunden bin? Aber Ihr König Kupferkopf, der ist eben nicht an Gesetze gebunden. Er braucht bloß sein Schwert ein bißchen schwingen, und schon ... Sie verstehen. Der Scheck hier über 3000 Mark ist für seine Mühe.«
Oder Leute wie Frau Baumsiedel aus der Beethovenstraße. »Es ist so ein Kreuz mit meiner Schwiegermutter, Sie glauben es nicht. Den lieben langen Tag, solang mein Mann im Geschäft ist, spioniert mir das Weibstück nach, und beim Kochen hängt sie andauernd ihre Nase hinein und meckert, das sei ja gesundheitsschädlich, wa

ich da zubereite ... Und mit einem Schwerthieb vom König Kupferkopf wär ich erlöst! Sie verstehen, was ich meine. Er brauchts auch nicht umsonst zu tun. Der Kuchen hier ist für seine Mühe.«
Und danach kommen andere, die König Kupferkopfs Hilfe erflehen. Und der Flur füllt sich mit Geschenken.
Erst als auch noch Angellina mit ihrer Familie aus dem Erdgeschoß heraufgestiegen kommt: »Hausverwalter immer hacken herum auf uns. Wir bezahlen höhere Miete wie Nachbar, warum? Wir nicht dürfen haben Besuch, warum? Kinder nicht dürfen spielen auf Hof, nicht in Treppenhaus, nicht in Flur, warum? Bitte, Re Capo di Rame soll reden mit Hausverwalter!«
Erst da geht bei Vati der Rolladen runter: »Um was für einen Quark soll der König sich denn nun noch kümmern! Er ist doch kein Wohlfahrtsamt.«

## 29

»Sie schauen aus wie ein Ritter, Sie können uns bestimmt helfen.«
Der Mann, der Wacki am Eingang der Kleingartenkolonie anspricht, hat seine Mütze ehrerbietig in der Hand und steht da wie der Müller im Märchen vom Rumpelstilzchen seinerzeit vor dem König dagestanden haben muß. Fehlt nur noch, daß er in die Knie geht.
»Es ist uns unerklärlich, wie so etwas über uns kommen konnte.«
Weiter hinten hängt seine Frau über dem Gartenzaun

und hilft dem Mützenhalter klagen: »Es ist wie ein Alptraum. Bloß, wenn wir in der Früh erwachen, ist es immer noch da.«
Wacki kennt den Bittsteller, den Zaun und die Frau. Denn über diesen Zaun hing die Frau schon einmal, vor einigen Tagen. Und feuerte ihren Mann an, hinter Wakki herzurennen und ihn zu versohlen.
Und nun stehen beide da und bitten ihn um Hilfe.
»Sie als Ritter, haben wir uns gedacht, Sie könnten zuständig sein in so einem außergewöhnlichen Fall.«
Und auch noch per Sie! Noch nie ist Wacki von jemand gesiezt worden. Und nun auch gar noch von Benno, dem Brüllemann, der ihn eine Woche vorher noch zur Polizei schleppen wollte! Wacki richtet sich stolz im Sattel auf und fragt huldvoll hinunter:
»Was habt Ihr auf dem Herzen, guter Mann?«
Der gute Mann schnauft. »Angefangen hat es vor vier Tagen. Da waren in der Früh unsere Erdbeerstauden weg. Drei Beete voll. Wie abrasiert. Bis auf die Wurzel.«
»Am nächsten Tag dann waren die Johannisbeersträucher weg«, hilft seine Frau ihm wieder klagen. »Hier, wo ich steh, da hatten sie ihren Platz. Alle gut bestückt, wir haben auf eine reichliche Ernte gehofft.«
»Da wird wohl die Kuh vom Nachbarn sich heimlich sattgefressen haben«, mutmaßt Wacki ungeduldig. »Bessern Sie den Zaun aus, guter Mann, und die Sache hat sich.«
»Da hilft kein Zaunausbessern, Herr Ritter! Zumal kein Nachbar hier herum eine Kuh hat. Und auch keine Rattenfallen helfen da, und kein Mittel gegen Salatschnekken. Gegen Kreaturen, die Kirschbäume ratzibutz wegfressen.«

»Kirschbäume?«
»Ja, heute nacht ist es an unsere Kirschbäume gegangen. Sieben Stück. Kein Blättchen ist mehr übrig davon. Ach, Herr Ritter, stehen Sie uns bei.«
»Es wird Sie auch bestimmt nicht viel Zeit kosten. Weil, der Fresser ist ganz in der Nähe.«
»Hinter der Laube liegt er und hält seinen Verdauungsschlaf.«
In Wackis Magen liegt auch so etwas wie ein Kirschbaum, mit großen grünen Angstkirschen dran. In seinen Augen aber läßt er ritterlichen Mut leuchten.
»Auf in den Kampf mit mir, Knecht!«
Der zieht es jedoch vor, hinter einer Regentonne Schutz zu suchen. Vorsichtig linst er um sie herum: mitten im Salatbeet, mit dem Kopf auf dem Komposthaufen, liegt ein ausgewachsener Drache und schläft den Schlaf der Ungerechten.
Hoss hört, wie das Roß fanfarengleich wiehert, und dann hört er ein metallenes Klatschen, und dann – dann hört er nichts mehr, weil er sich tief zusammenkauert und die Ohren und Augen mit den Händen bedeckt. Erdklumpen und Salatpflanzen regnen auf ihn. Und es ist ihm nur recht: sollen sie ihn zudecken, bis er ganz und gar unsichtbar ist.
Plötzlich ist es Schluß mit dem Salat- und Erderegen. Und es klatscht auch nicht mehr metallen. Hoss schielt um die Regentonne herum. Das Roß steht in violettem Drachenblut, und die krallenbewehrten Beine des Kirschbaumfressers zeigen in den Himmel. Als ob das Biest sich mit allen vier Klauen zugleich melden wollte.
»Klasse!« schreit Hoss und springt aus seinem Versteck.

»Das war ein sechsmotoriger Superkampf in Stereo mit Luftkissencombo!« Aber bei sich wälzt Hoss die Frage: Wie hat der Wacki, der früher immer so eine Fiepwurst war, das nur gemacht? Es mußte irgend was mit den Hufen des Rosses zu tun haben ...

Die Schrebergärtner sind so dankbar, daß sie am liebsten auf allen Vieren vor Wacki herumkriechen möchten. Wacki winkt ritterlich ab. »Aber ich bitt sie. Nicht der Rede wert. Ein Gegner, der Kirschbäume im Bauch mit sich herumschleppen muß, der ist leicht zu bezwingen.«

Trotzdem bestehen die Schrebergärtner darauf, den Ritter reichlich zu belohnen. Ein Korb wird vollgepackt mit Kürbissen – »selbstgezogen, versteht sich!« – und Erdbeermarmelade – »selber eingekocht, versteht sich, aus den Erdbeeren die der – ja, Sie wissen schon wer – gefressen hat« – und Kirschkonfitüre. »Selber eingekocht, versteht sich. Aus den Kirschen, die der, ja, Sie wissen schon wer.«

Und das alles muß Hoss nun schleppen: »Lade dies auf deine Schulter, Knecht! Denn beim Kampfe hast du dich memmenhaft geschont.

Nun frone darum umso mehr!«

Großkotz du, denkt Hoss. Lädt sich den Korb auf und stapft los.

Hinter ihm her reitet Wacki. Und hinter Wacki her schnurrt das besiegte Drachenvieh, dessen Schwanz Wacki mit dem Schweif des Rosses zu einem Abschleppseil ganz besonderer Art verknotet hat.

Dort, wo der Kanal einen Knick macht (und die letzte Laube der Laubenkolonie hinter dem Schilf eines morastigen Tälchens verschwindet), hält Wacki an.

»Hier soll es sein.«
»Was soll hier sein?«
»Die Burg. Meine Burg.« Wacki springt vom Roß und schreitet das Gelände ab. Mit einem Zweig ritzt er eine Linie in die Erde. »Das wird die äußere Ringmauer. Und hierher kommt das Tor.«
»Das wird aber ein ganz schöner Brocken, Chef. Wer soll denn die bauen?«
»Du, Knecht. Wozu hab ich dich!«
»Aber aus was denn?«
»Zuvörderst, Knecht, bediene dich des Baustoffes, welchen dieses Untier bietet. Zieh ihm ab das scheusälige Panzerfell. Sein Fleisch, es soll geräuchert sein über offenem Feuer und uns künftighin als Nahrung dienen. Die Knochen dieser Bestie jedoch – ramme als Pfeiler sie in die Erde und lege quer darauf die anderen als Balken. Sodann begib auf Kundschaft dich und sammle emsig ein, was du an Brettern, Latten, Coladosen findest. Schlepp es hierher und errichte damit deinem ritterlichen Herrn ein starkes, wehrhaftes Schloß!«
»Hejejhej, Chef, aber ...!«
»Kein Widerwort! Sieh diesen königlichen Panzerhandschuh. Er sei dein Wächter.« Wacki streift Kupferkopfs linken Kettenhandschuh ab und legt ihn auf einem Baumstumpf nieder. »Gehab dich wohl, und frisch ans Werk! Knoppapeh!«
Wenn das blöde Dubelgnatzding doch mal wegkucken würde!
Hoss tat schweigend seine Arbeit. Zerlegte den Drachen, räucherte den Drachenspeck über dem Feuer, zimmerte aus den Knochen das Gerüst einer stolzen Burg. Sammelte herrenlose Türen, herrenlose Spanplat-

ten, herrenlose Zaunbretter und nagelte sie auf das Gerüst. Und obendrauf hämmerte er flachgeklopfte Cola-Dosen als Panzerung.

Noch nie hat Hoss so viel gearbeitet. Da könnte das blöde Dubelgnatzding schon mal wegkucken! Darum schimpft er:

»Du gußeiserner Pinkelbeckenaufsatz!«

Wackis Burg wächst in den Abendhimmel. Um ihre Zinnen jagt der Abendwind mit leisen Zungen.

»Du wegen Blödheit vorzeitig pensionierte Blechdackelruine!«

Stolz, als sei sie selbst ein Ritter, spiegelt sie sich im Wasser des Kanals–

»Du mit Spinat ausgestopfter Nasenpopelbehälter!«

– des Kanals, dessen Wellen vor ihr stillzuhalten scheinen, als wollten sie den Ritter grüßen, dessen wehrhafte Heimstatt hier errichtet wird...

»Du verrosteter Schweißfußaschenbecher mit Stiftzahnheizung!«

## 30

Bei seiner Angebeteten an der Tür schellen und dann artig darauf warten, daß sie ihm aufmacht, das kann jeder Pockelfritz.

Der wahre ritterliche Etepinkel aber klopft bei ihr ans Fenster. Und achtet nicht darauf, daß es im dritten Stock und kein Balkon davor ist. Das aber kann nur Wacki. Denn er sitzt auf dem Rosse Symopox. Und Bitschi über ihren Schularbeiten.

»Komm, wir reiten spazieren«, sagt Wacki und starrt dabei vornehm in die Ferne und versucht so weise auszusehen wie die tausendjährigen Kuppeln von Mluddalah, in denen sich das Abendrot bricht.
Vorgestern noch hätte Bitschi irgendeine Ausrede in ihrem Köpfchen ausgekocht, damit Wacki nicht etwa denkt, sie mache sich etwas aus seiner Einladung. Aber seit gestern fürchtete sie, er könnte sie vergessen haben vor lauter Ritterei. Und als er am Herzogplatz gestern vormittag so hochnäsig und so hoch zu Roß an ihr vorbeiritt, da war sie sich sicher, daß sie in seinem Herzen nicht mehr vorkam.
Aber nun ist er trotzdem da! Ohne Ausrede und ohne weiteres Geziere reißt sie das Fenster auf: und ob sie mit ihm spazierenreiten will!
Erst als sie auf der Fensterbrüstung steht und das Roß drei Stockwerke hoch in der Luft hängen sieht, wird ihr bewußt, welchen schwindelerregenden Haken die Sache hat. Aber Wacki zieht sie wie ein alterfahrener Hochseilartist zu sich herüber und vor sich in den Sattel.
Wie ein Ruderer vom Bootssteg stößt er sich von der Hauswand ab und läßt sein Roß in den Aufwind driften. Die Arme hat er sich sorgfältig mit Drachenblut besudelt. Während das Roß über den Graben der Beethovenstraße springt und mit seinen Hufen das Dach der Stadtsparkasse streift, hält er ihr einen Unterarm hin.
»Da. Riech.«
»Brombeersirup.«
»Von wegen. Drachenblut! Drachenblut ist das Parfüm des Helden, Kleine.«
Noch vorgestern hätte sie Wacki ausgelacht. »Aber geh, Drachen gibts doch gar nicht!« Heute aber, wo sie mit

Wacki auf einem kupfernen Pferd sitzt, das eben auf dem Dach des Stadtbusses halt macht –

»Und wo hast du das her, das Blut?«

Wacki bemüht sich, so gleichmütig zur Seite zu schauen wie die Steilküste von Nhru, wenn die Wogen Herbstlaub an ihm vorbeitragen. Und schweigt. Denn ein Held muß sich jedes Wort herausziehen lassen. Bitschi ist kribblig vor Neugier.

»Sag doch, sag! Hast du –«

Wacki nickt beiläufig, aber bedeutend. Als ob sein Kopf schwer wäre wie ein Marmorblock. Dann schaut er wieder zur Seite, gleichmütig. Und Bitschi kapiert. Während das Roß die Schule als Hürde benützt und erst über den linken, dann den rechten Seitenflügel und schließlich über den Mittelbau mit dem Uhrtürmchen springt, legt sie ihre Arme um Wacki:

»Das find ich ja so super!«

Natürlich umarmt sie Wacki auch deshalb, weil ihr schwindlig geworden ist, sogar sehr schwindlig. Aber weil sie nun schon einmal dabei ist (und um ihrem Schwindelgefühl davonzulaufen), gibt sie Wacki einen heißen feuchten Kuß, auf die Nase.

So heiß ist es Wacki noch nicht mal beim Kampf mit dem Drachen geworden. Er spürt seine Ohren rot werden, und dann seine Backen. Ein Drachentöter kann sich das nicht leisten. Darum dreht er den Kopf weg und späht in den Himmel. Gleichmütig wie der Regenbogen beim Miauen einer Katze.

Bitschi ist auch rot geworden. Aber erst zwei Takte später. Wenn Wacki sie jetzt ansähe, würde sie vor Verlegenheit und Bewunderung und Überschwang und Aufregung anfangen, mit zwei Fingern in zwei Nasenlö-

chern gleichzeitig zu bohren. Zum Glück schaut ihr Held sie nicht an. Gleichmütig und unverwandt späht er in den Himmel. Da kriegt sie wieder Mut zum Reden.
»Du –?«
»Mhm.«
»Du, ich hab was für dich.«
»Wasn?«
»Ein Geschenk. Ich glaub man nennt so was einen Talisman. Was man immer um den Hals tragen muß. Versprichst du mir, daß du es immer um den Hals trägst?«
Wackis Herz macht höhere Sprünge als das Roß. Aber er zeigt dabei ein Gesicht, wie aus Bronze gegossen. »Rücks halt raus.«
Bitschi nestelt etwas Kleines hervor. Etwas Eingewickeltes. Es ist ein blaues Bändchen drum. »Da.«
Mit neugierigen Fingern öffnet Wacki das Paketchen. Seine Augen schweifen noch immer gleichmütig zum Horizont. Im Papier liegt ein Zahn. Ein Zahn von Bitschi!
»Ich hab ihn erst gestern frisch herausgewackelt. Schau, da war er.« Sie zeigt ihm die Lücke in ihrem Unterkiefer.
Wackis Adern pumpen alles Blut in seinen Kopf. Es tost und kocht in seinem Schädel. Und er vergißt ganz zu verbergen, wie rot er ist.
Jetzt, erst jetzt, ist er wirklich ein Glücksheldsiegersiegfried.

# 31

»Bist du zu retten, Willi!«

Dem dicken Albert Schnetz fällt fast der Plastikbottich mit den gerupften Hähnchen aus den Händen. Denn Vati rückt mit dem Schwerte Dulyla an. In der Hühnerbraterei.

»Die Luft ist so schon dick genug beim Klauwacht, wegen dem Ball.«

Doch Vati ist nicht mehr umzustimmen. »Deswegen hab ich was mitgebracht zum Durchschneiden, damit sie wieder dünn wird.«

Und mit Holterdipolter und Schrammschramm schleift er Dulyla über den Fliesenboden in die Küche. Dabei sagt er die Rede auf, die er sich auf dem Herweg zurechtgelegt hat. Hinterher will er sie Herrn Klauwacht halten.

»Sie haben mir angedroht, Sie halbe Portion mit pommes frites Sie, ich könnt mich auf was gefaßt machen! Bittschön, Sie halbe Portion – da bin ich!« Die pakistanischen Geschirrspüler lassen ihr Geschirr stehen und umringen Vati.

»Und haben Sie wohl eine Ahnung, wer von uns zwei beiden sich jetzt auf was gefaßt machen kann?« Die Köche lassen ihre Hühner bruzzeln und kommen erwartungsvoll näher. Vati holterdipoltert und schrammschrammt das Schwert durch die Küche, dem Gästeraum zu.

»Und wissen Sie, was Sie sind, Herr Oberwichtigtuer Klauwacht? Ein ganz kleines Würstchen sind Sie für mich. Und wissen Sie, was ich mach mit so einem Würstchen wie mit Ihnen, Sie Windbeutel Klauwacht?«

Herr Klauwacht hört seinen Namen rufen. Er stellt sich hinter Vati, ohne daß der ihn sieht, und lauscht.
»Ich hack Sie in sechsundneunzig Stücke und lasse Sie vom Oberkellner servieren mit Senf und Petersilie!«
Die Gäste recken die Hälse. »Mit Senf und Petersilie, hähä!«
Hinter Vatis Rücken eine Stimme, eiseskühl. »Sie haben etwas vorzubringen, Herr Schmerling?« Vati fährt herum.
Herr Klauwacht lächelt.«Sie sind entlassen, Würstchen Schmerling.« Herr Klauwacht lächelt nicht mehr. Er ist nur noch böse. »Fristlos. Holen Sie Ihre Klamotten und hauen Sie ab, Mann.«
Da fühlt Vati Kräfte in sich wachsen, als hätte er hundert Hähnchen verzehrt. Er wirbelt das Schwert über seinem Kopf herum, bis es alleine loszischt und Vati mit sich zieht. Die Schwertschneide muß unweigerlich Herrn Klauwacht in zwei Hälften teilen –
– aber Herr Klauwacht denkt nicht daran, darauf zu warten und rettet sich schnell hinter den großen Hähnchengrill.
Das Schwert aber, nun einmal im Fluge, ist nicht mehr aufzuhalten. Es sucht sein Ziel auf. Und wenn das Ziel wegrennt, dann wählt es sich eben ein neues –
– segelt hinein in den Gästeraum –
– und bohrt sich mit Donnerhall in einen Tisch. Die an dem Tisch saßen, springen auf. Geschirr spritzt in Scherben umher, Hähnchen fliegen, andere Tische werden umgestoßen, Gäste zetern, Kellner fluchen, Hunde bellen, Passanten von der Straße drängeln herein und wollen sehen, was es da Lustiges gibt, ein Menschenauflauf entsteht vor dem Hähnchen-Lokal, der Straßenverkehr

kommt zum Erliegen, eingekeilte und nicht eingekeilte Autos hupen, Stadtbusse werden eingequetscht, Taxi-Fahrgäste erleiden Nervenzusammenbrüche –
Und aus der Spülküche, aus dem Hintereingang schleicht sich Vati.
Und als alles vorbei ist –
– alle Scherben weggeräumt sind, den Gästen die zermanschten Hähnchen ersetzt wurden, die Gaffer sich zerstreut haben und Vatis Name und Anschrift in den Notizbüchern der Polizei verwahrt ist – da steht Herr Klauwacht an dem geborstenen Tisch, in den eingerammt das Schwert Dulyla steckt.
»Eigentlich doch eine recht gelungene Schmiedearbeit.«
Und er gibt die Anweisung, das Schwert (Herkunft unbekannt, mit Edelsteinen verziert, Alter und Wert vermutlich einigermaßen hoch) in die Gaststube zu nageln. Als Wandschmuck.
Da hängt Dulyla nun. Im Wohlgeruch des Hühnerfettes.

## 32

In der Burg prasselt ein Feuer.
An langen Stecken halten Wacki und Hoss Drachenfleisch in die Flammen. Dazu gibt es Erdbeermarmelade und Kirschkonfitüre und Kürbisse in Scheiben.
Die Kürbisse kann man aber auch aushöhlen. Und etwas Wichtiges darin aufbewahren. Zum Beispiel Kieselsteine. Zur Verteidigung, falls der Sdor von Sdoruh an-

greift mit seinen 11 111 Lanzenreitern. Oder Srinatotth der Eisenhändige mit seinen stählernen Adlern. Da muß man gewappnet sein gegen.
Also sammeln Wacki und Hoss Steine. Einen Tag lang, zwei Tage, fünf Tage.
Und essen Drachenfleisch mit Erdbeermarmelade und Kirschkonfitüre und Kürbisse in Scheiben.
Man kann aus den Kürbissen aber auch Masken schnitzen. Und damit beispielsweise die Urukotths erschrecken, die immer des Nachts aus den Sümpfen steigen.
Also schnitzen Wacki und Hoss Erschreckemasken. Einen Tag, drei Tage, fünf Tage. Und essen Kürbisse in Scheiben mit Kirschkonfitüre und Drachenfleisch und Erdbeermarmelade.
Man kann aus den Kürbissen aber auch Helme machen. Die sind von großem Nutzen, wenn es regnet und man auf Wache stehen muß. Wacki und Hoss stehen viel auf Wache. Erwarten sie doch täglich und stündlich, daß ein feindliches Heer am Horizont auftaucht. Oder unter den Panzern von Riesenschildkröten verborgen die Ngagullas mit den Eberzähnen anzuschleichen versuchen. Oder ein Flugdrache aus den Lüften herniederstößt.
Und in den Wachpausen essen sie Kirschkonfitüre mit Drachenfleisch mit Erdbeermarmelade mit Kürbissen in Scheiben.
»Du, Chef?«
»Sprich, mein getreuer Knecht!«
»Ob heut ein Drache kommt?«
Wacki späht in den grauen Himmel. »Kann man vorher nie genau sagen ob oder ob nicht.«

»Aber gestern ist auch keiner gekommen und letzte Woche und in der Woche davor.«
Wacki schweigt, damit er nicht zugeben muß, daß Hoss recht hat. Es ist gemein von den Feinden, daß sie Wackis Burg so wenig ernst nehmen. Und nicht wenigstens mal ein bißchen drohend aufmarschieren.
»Du. Chef?«
»Sprich, mein getreuer Knecht!«
»Mir ist so langweilig.«
Mir vielleicht nicht, schreit es in Wacki. Held sein ist richtig einschläfernd. »Dann schlag halt was vor.«
»Wir reiten ein paar Runden auf dem Roß.«
Wenn Hoss nichts besseres einfällt! Das haben sie doch nun schon bis zum Gehtnichtmehr gemacht. Kein Hochhausdach, auf dem sie nicht schon Hufspuren eingestemmt hätten. Kein Wolkengeblubber, auf dem sie nicht herumgetobt wären. Aber Wacki läßt seinen Frust nicht heraus, sondern gibt sich als Held mit Heldenpflichten:
»Reite allein, Knecht. Ich hüte die Burg.«
Vor einigen Tagen noch hätte Hoss sich überschlagen aus Freude, daß er alleine auf Symopox losreiten darf. Jetzt reicht es nur noch zu einem »Merci! Super.«
Wacki bleibt allein und fieselt das Fruchtfleisch aus einem Kürbis. Als aus dem Kürbis ein Helm geworden ist, kommt Hoss durchs Burgtor gehinkt.
»Du, Chef?«
»Sprich, mein getreuer Knecht.«
»Das Pferd hat mich abgeworfen.«
Wacki drückt der Helm über dem rechten Ohr noch etwas. Mit dem Fingernagel schrammt er das überstehende Kürbisfleisch weg.

»Und dann ist es davon. Im Galopp.« Hoss läßt sich ins Gras fallen. Eine lange Pause entsteht. Er schielt zu Wacki hinauf, der an dem Kürbishelm herumfummelt.
Gleichmütig wie der Eisberg, der an Thules Klippen vorbei gen Süden treibt.
»Hin ist hin«, sagt er nur.

## 33

»Kupfi, komm doch mal ins Wohnzimmer. Mutti hat mit dir zu reden.«
Vati hält die Tür auf.
Mutti sitzt an der Nähmaschine. Um sie herum sind wieder alle Heldenmäntel aufgehäuft und alle Stoffbündel. Und auch die vier Kupferkopf-Puppen stehen wieder auf der Anrichte. Standard und de Luxe. Wie ehedem, ehe Mutti sie wegräumte aus Ehrfurcht vor dem König.
Mutti schiebt Stoff durch die Maschine. »Schau dir an, was da aufm Fernseher liegt, Kupfi.« Sie sagt gleich selber, was da liegt: »Eine Rechnung über die Verwüstung, die wo dein Schwert angerichtet hat.«
Kunstpause, in der das Unheil hallt und die Nähmaschine rattert. »Sieben Monatsgehälter gehn da locker drauf. Und wer muß es blechen?«
Der König steht unbewegt.
»Der Willi kanns nicht mehr aufbringen. Jetzt, wo sie ihn gefeuert haben ausm Betrieb. Wegen deinem Schwert!« Mutti schaut nicht von ihrer Arbeit auf, während sie den König abkanzelt.

»Also, wer blechts, wer?« Kunstpause. Die Maschine rattert. »Ich natürlich. Ich bin diejenige letzte, die wo die Hunde beißen. Das zehnfache Pensum muß ich schaffen an Heimarbeit, damit wir wenigstens den Schadenersatz abstottern können. Aber was bleibt zum Leben?«

Wütend schmeißt sie ein fertiges Mäntelchen beiseite. Greift ein neues, dazu ein Kettchen. Näht es mit sechs Stichen an. Mit sechs Stichen in vier Sekunden. Und greift wieder ein Mäntelchen, ohne hinzuschauen und mechanisch wie eine Maschine.

»Heute waren schon wieder siebzehn da, die wo dich zum Kampf haben wollten. Sechs davon mit Drachenköpfen. Und vier haben Fledermausflügel gehabt.«

Vati lehnt an der Tür und schaut bald auf den König, bald auf die vier Modellpuppen auf der Anrichte. Der König, findet Vati, sieht längst nicht mehr so proper aus wie die.

»Der Hausmeister kläfft mich an, daß das jetzt ein End haben müßt mit der Teufelsbrut mit sieben Köpfen, die bei uns ein und aus geht. Dem praktischen Arzt im ersten Stock bleiben die Patienten weg, weil sie sich grausen.«

Zerbeult und zerschründet ist der König. Und den Grünspan, findet Vati, müßte man ihm dringend abkratzen.

»Wenn ich einkaufen geh, was schleicht mir nach? Wieder irgend so ein Drachenbiest, das den Obststand leerfrißt, wenn ich hinten nichtsahnend Yoghurt einkauf. Ich trau mich schon in kein Geschäft mehr. Und deine Gefangenen brauchst du auch nicht ausgerechnet in unserm Kleiderschrank unterbringen, Kupfi! Erst vorhin hab ich wieder fünf rausgelassen. Und sie gefüttert, weil die armen Kerle waren ganz ausgehungert. Frage nicht, was die verschlungen haben! Wo doch bei jedem nicht bloß vorn ein Maul dran war, sondern auch noch hinten!«

»So machst meine Siege du zunichte, schwachmütig Weib.«

Mutti näht weiter, als hätte sie den König nicht gehört.

»Aber jetzt ist Schluß mit dem Helden-Kokolores. Du machst dich nützlich, oder es hat geklingelt.«

»Worte voll Bitternis gibst du mir, Weib. Und von Krämergeist und niederm Sinn zeugt deine Rede.«

»Laberlaberlaberschmuh. Drück dich endlich aus wie jeder vernünftige Mensch.« Sie drückt dem König einen Stoß Heldenmäntel in die Hand. »Und sortier das ein. Je vierzig Stück. Und schön sauber reinlegen, ohne Falten! Sonst meckern sie gleich wieder in der Firma.«

Der König steht mit den grünen Paketen auf dem Arm da wie ein Erzbischof, den böse Buben mit Spinat bespritzt haben. Das Eis der Trauer fällt in seinen edelsteingrünen Blick.

»Und hast doch einst mit warmer Hand den Leib mir liebevoll umsorgt.«

»Wirds bald!«

Mutti schaut nicht auf und paßt nicht auf. Sie hantiert so, als säße sie nicht an einer Maschine, sondern als sei sie selbst eine Maschine. Sie treibt sich zur Eile an. Dann zur Übereile. Dann zur Über-Über-Übereile. Und auch dann sagt sie noch zu sich: mach Dampf, Frau Schmerling. Denn viel zu lange hat sie ihre Heimarbeit liegen lassen. Wegen diesem kupfernen Besucher –

Als sie sich von der Maschine zur Seite wendet, um sich

einen neuen Stoß zugeschnittener Mäntel heranzuholen, fällt ihr Blick auf den König.

»Ja, um Himmels willen, was machst du denn da?«

Der König kniet vor dem Papierkorb und stopft gerade den letzten Heldenmantel hinein.

»In die Kartons gehören die doch!« Sie klopft dem König strafend mit einem der leeren Kartons auf den Kopf.

»Steht doch auch drauf, da, groß und fett: 40 STÜCK HELDENMÄNTEL KÖNIG KUPFERKOPF BESTELLNUMMER 6736. Mußt deine Glotzer nur aufmachen, Kupfi.«

Das Eis der Trauer in des Königs Blick weht über Mutti hin als Nordwind der Verzweiflung.

»Ich bin der Menschenschrift nicht mächtig.«

Ein Analphabet ist der König! Mutti kramt wütend die zerknitterten Heldenmäntel aus dem Papierkorb. »Du blechernes Trumm Nichtsnutz du!«

Sie schiebt ihn in die Küche. »Du fährst jetzt das Baby aus, verstanden? Wenigstens das wirst du ja können!«

Vati ist gerade dabei, es zu wickeln. »Die hats dir ja ganz schön besorgt, Kupfi. Mach dir nichts draus. Morgen früh nehmen wir Männer wieder das Heft in die Hand.«

Vati zieht Marita das Strampelhöschen über und nimmt sie auf den Arm.

»Und suchen Arbeit. Wetten, daß wir auch für dich was finden.« Er holt die Milchflasche aus dem Wassertopf auf dem Herd und nuckelt prüfend am Schnuller. Dann setzt er sich aufs Sofa und füttert das Baby.

»Zum Beispiel könnt ich mir vorstellen, Kupfi, daß sie dich beim Schweißen gut brauchen können. Wo du doch jede Menge Blitze produzierst mit den Augen. Oder auch in einem Flippersalon wärst du die große Zugnummer. Natürlich, du müßtest dir vorn ein paar technische Einrichtungen einbaun lassen, und in den Bauch eine Schublade fürs Kleingeld.«

Vati hält die Flasche gegen das Licht und prüft, wieviel das Baby schon getrunken hat.

»Stell dir vor, das gibt eine Schau, wenn da einer gewinnt, und du machst ein Brillantfeuerwerk mit den Augen!«

Der König steht reglos am Fenster.

»Was Kupfi?« Vati lacht, voller Vorfreude. »Kupfi, was ist denn? Kupfi!«

Aus des Königs Augen fließen zwei bittere Rinnsale. Sie tropfen vom Kinn nieder auf die Brust, und strömen weiter über Knie und Füße und ergießen sich auf dem Fußboden in zwei Seen von Grünspan.

Grün wie der hohe unwandelbare Himmel über jenem Felsen dort oben im Norden.

## 34

Stumpfsinnig pladdert der Regen auf die Burg.

Hoss: »Die daheim täten mich durchbimsen nach Strich und Faden. Wenn ich zurückkäm.«

Wacki geht nach draußen. Bleibt eine Weile. Naß kommt er wieder.

Wacki: »Meine nicht. Die wären allmählich froh, wenn –«

Hoss: »Ja, wenn.«

Nun geht Hoss nach draußen. Bleibt eine Weile. Naß kommt er wieder. Das Feuer nödelt nur noch klein auf dem feuchten Holz.

Hoss: »Und bei uns daheim, da gibts bestimmt nie Drachenfleisch.«

Wacki: »Und schon gar nicht mit Kürbis und Erdbeermarmelade.«

Jetzt müssen sie beide. Draußen ziehen sie ihre Hosen herunter. In allerletzter Sekunde.

Hoss: »Was, du auch?«

Wacki: »Klar, ich auch. Krieg ich vielleicht was andres zu fressen als wie Drachenfleisch mit –«

Hoss: »Hör bloß auf damit.«

Held und Knecht geben sich ihrem Dünnschiß hin. Dann, als sich der Sturm fürs erste wieder gelegt hat, bleiben sie hocken.

Wacki: »Du?«

Hoss: »Hä?«

Wacki: »Wieviel Zähne hast du gekriegt von ihr?«

Hoss: »Von wem?«

Wacki: »Weißt du doch.« Pause. Der Regen pladdert.

Hoss: »Ich, zwei. Und du?«

Wacki: »Einen.«

Hoss: »Und hat sie bei dir auch gesagt, du mußt ihr versprechen, daß du ihn immer um den Hals trägst? Weil, es ist ein Talisman?«

Wacki: »Du sagst es.«

Es wird wieder still. Sie ziehen die Hosen hoch. Der Regen pladdert.

Wacki: »Weißt du was? Wir schmeißen die Zähne in den Kanal.«

Hoss: »Gebongt.«

Wacki: »Auf drei!«
Hoss: »Eins. Zwei. Drei.«
Es klatscht im Wasser.
Als sie wieder im Trocknen sind und das Feuer ein wenig aus der Nässe aufgepäppelt haben, fängt der Herr der Burg eine Rede an.
»Morgen kommen sie und greifen uns an. Bestimmt. Egal wer, aber sie kommen. Und wir als Helden müssen auf dem Posten sein, dann. Knoppapeh.«
Dann rollen sie sich zur Seite und schlafen. Über ihnen das Gepladder des Regens. Gegen Morgen erwacht Hoss. Kein Pladdern mehr, sondern Stille. Der Regen hat aufgehört. Hoss tappt mit der Hand nach der Stelle, an der Wacki schläft. Aber Wacki schläft da nicht mehr.
Wacki ist fort.

## 35

Im Schaufenster des Spielwarengeschäftes räumen zwei Verkäuferinnen die Ausstellung um.
»Siehste den da draußen, dicht an der Scheibe?« sagt die eine Verkäuferin zur anderen und balanciert über die Spielsachen. »Der steht nun schon den ganzen Vormittag wie angeschraubt am selben Fleck und glotzt in einem fort die Kupferkopf-Puppe an.«
»Dabei sieht er doch selber aus wie die Puppe«, sagt die andere, die sich vom Laden aus ins Fenster lehnt. »Bloß, daß er lebensgroß ist.«
»Genau die gleichen grünen Augen. Genau wie die Pup-

pe über und über aus Kupfer«, sagt die erste und steigt vorsichtig über eine Glasplatte mit Zinn-Indianern. »Sogar das Gesicht.«
Vorsichtig einer Modelleisenbahn ausweichend, gelangt die erste Verkäuferin zu einem weißen Sockel, auf dem eine König-Kupferkopf-Puppe steht.
*Ein wahrhaft ritterliches Spielzeug, das in die Hand eines jeden echten Jungen gehört. Garantiert bruchsicherer Polyester faserverstärkt mit Gütesiegel.*
Sie hebt die Puppe vom Sockel und vergleicht sie mit dem, der da draußen steht. *Vollkommene Spielfreude und intensives Abenteuer-Erleben garantiert das unerläßliche Zubehör: SINGENDES SCHWERT DULYLA mit garantiert haftsicherem Magnet. SCHILD mit Lederhalfter. KUPFERNES ROSS SYMOPOX mit Vorderbeinantrieb. HELDENMANTEL mit Kettchen.*
»Hat der da draußen alles nicht«, urteilt die Verkäuferin und reicht die Puppe ihrer Kollegin.
Die legt die Puppe im Laden ab und gibt der Verkäuferin, die vorne im Schaufenster steht, einen Karton. »Sieht überhaupt recht mitgenommen aus. Überall Dellen und Grünspan. Wenn der 'ne Puppe wäre, bei uns im Geschäft, den könnten wir nicht mehr verkaufen.«
»Verkaufen?« grient die im Schaufenster und öffnet den Karton. »Ganz klar auf den Müll wandern würde der.«
»Warum der bloß da rumsteht?« wundert sich die im Laden.
»Soll vielleicht Reklame machen von der Firma aus, die die Dinger herstellt«, meint die im Schaufenster. Behutsam holt sie aus dem Karton eine neue Puppe.
»Bei so 'nem Regen wie heute machen die bestimmt kei-

nen Reklame-Zirkus. Kuck mal, dem läufts ja runter wie unter der Dusche.«

»Wenn der Regen nicht wär, könnte man fast denken, der ...«

»Na, was denn?«

»Der flennt.« Achselzuckend wendet die im Fenster sich ab. »Wird wohl 'ne Meise haben, der.« Sie stellt die neue Puppe auf den weißen Sockel. Die neue Puppe ist silbern und trägt einen gläsernen Helm. Zwischen ihren Armen und ihrem Rumpf spannt sich silbern eine Flughaut.

*LORD SPACE RIDER das wahrhaft himmelstürmende Spielzeug, das in die Hand eines jeden echten Jungen gehört. Garantiert bruchsicherer Polyester, faserverstärkt mit Gütesiegel.*

Die Verkäuferin turnt über die Modelleisenbahn und die Zinnindianer zurück. Ehe sie sich vom Schaufenster zurück in den Laden gleiten läßt, schaut sie sich noch einmal um.

Aber König Kupferkopf ist nicht mehr da.

## 36

Ein Jahr vergeht.

LORD SPACE RIDER hieß die Serie, die Samstag abend auf den KÖNIG KUPFERKOPF folgte. Die lief so an die zwölf, vierzehn Wochen lang.

Dann kam eine neue. FLASH DER UNSCHLAGBARE. Die brachte es sogar auf gute zwanzig Wochen.

Ja, und BRAZZ UND BRUMM IM WILDEN WE-

STEN läuft ja nun auch schon mindestens das zwanzigste Mal. Oder schon das zweiundzwanzigste Mal?

## 37

Im Hof gibt es eine Stelle, da kann man von draußen nicht hinsehen.

Denn da hängt immer jede Menge Wäsche von der Gastarbeiterfamilie aus dem Erdgeschoß. Da sitzt Wakki, auf dem Mäuerchen. Neben ihm Angellina.

Die von der Familie, deren Wäsche da tropft. Sie hat sich grade eben im Automaten am Hauptbahnhof fotografieren lassen.

»In bunt. Für dich, Wacki.«

Angellina will aber auch was dafür haben. Ein Foto von Wacki. Der druckst herum. Er hat kein neues Bild von sich.

»Nur eins, das ein Jahr alt ist.«

»Laß sehen.« Wacki streckt es Angellina hin. Ziemlich viele Leute stehen auf dem Bild herum und grinsen in die Kamera. Wie eine Fußballmannschaft um den eben gewonnenen Pokal haben sie sich aufgebaut. Dort, wo der Pokal sein müßte, liegt ein Riesenkopf und bleckt die Zähne.

»Ah!« lacht Angellina, »Fest von Karneval!«

»Nix Karneval.«

»Doch Karneval! Da steht Mann verkleidet als Ritter. Überall Kupfer, sogar Farbe von Kupfer in Gesicht. Da!« Rechthaberisch stupft sie mit dem Zeigefinger auf den, den sie meint –

Auf den mit dem Schwert Symopox in den Händen und den grünen Edelsteinaugen, aus denen Blitze schossen, wenn er in Zorn geriet. Der so einschüchternd den Donner rollen lassen konnte. Und der trotz all seiner Siege besiegt worden ist und eines Tages verschwand –
»Wer ist Mann in Kupfer?« drängelt Angellina.
»Eine Niete«, brummelt Wacki.
»Nix verstehen. Was ist Niete?«
»Ich weiß nicht, wer er war«, lügt Wacki trotzig. »Ich habs vergessen.« Aber in seinem Kopf rumort es trotzdem weiter: Wo der jetzt wohl ist? Ob er wiederkommt?
Angellina holt ihn zurück aus seinem Gegrübel. »Du mir zeigen, wo du auf Bild!«
Wacki zeigt. Und Angellina platzt los. »Du damals viel dick! Speck unter Kinn, richtiger Moppel!«
Wacki ist schon richtig beleidigt über ihr Gepruste. Aber dann schaut sie ihn voll an und lacht nicht mehr. »Du jetzt mir gefällst besser. Viel besser.« Sie wird rot. »Du jetzt Mann.«
Sie stipst ihm einen Kuß auf die Nase und springt vom Mäuerchen. Als hätte der Kuß sie selber erschreckt.
In Wackis Ohren dröhnt eine mächtige Glocke, und über sein Gesicht ergießt sich ein Rot von Ohr zu Ohr.
Jetzt weiß ich, wo König Kupferkopf ist, denkt er. Er ist hier. Ich bin es selbst.
Knoppapeh!